KB082621

거품시대 ❸

거품시대 ❸

홍상화 소설

한국문학사

벌거벗은 비리… '증언의 소설'

김승옥(소설가, 『무진기행』의 작가)

소설에 대해서 문학 전공 교수들은 여러 가지 기준을 가지고 분류하고 있습니다만, 저로서는 고 김붕구(金鵬九) 교수에게 배운 대로 소설을 크게 '증언(證言)의 소설'과 '구제(救濟)의 소설' 두 가지로 나누어보고 있습니다.

증언의 소설이란 그동안 여러 지면에서 충분히 얘기해온 참여문학이라는 것이고, 구제의 소설이란 윤리 중심의 내성(內省)소설이라고 하겠습니다.

홍상화 씨의 『거품시대』는 말할 것도 없이 증언의 소설에 속합니다.

증언의 소설에도 여러 가지가 있습니다. 요즘 많이 쓰여지고 읽히는 대하역사소설들도 있고, 어떤 사건이나 인물을 추적한 소설도 있고, 한 시대의 풍속을 그림이 아니라 글로써 섬세하게 묘사하고 있는 풍속소설 등이 있습니다. 『거품시대』는 지난 제6공화국 시대의 풍속을 섬세하게 증언하고 있는 소설이라고 저는 봅니다.

하청 금액에서 매번 얼마씩 정기적으로 떼어주는데도 불구하고 여차하면 세무서 관리 대접해야 되겠다느니, 퇴직하는 동료 환송회 비용이라느니, 외국 여행 보조비라느니…… 명목이란 명목은 있는 대로 붙여 뜯어가, 2백 명 정도의 직공으로 봉제업을 하는 이진범으로서는 견딜 재간이 없었다.

특별 자금이란 수출용 원자재 일부를 내수시장에다 팔아 마련한 비자금을 의미했다. 비자금 없이는 되는 일이 없으니 좀 위험하긴 하지만 다른 도리가 없었다.

"하청 단가는 안 오르는데 임금을 턱없이 올려달라니, 배길 재간이 있어야지."

백인홍이 한숨을 쉬었다.

"다 마찬가지야."

"나쁜 놈들. 공무원들은 손이 더 커지고, 은행놈들은 담보 내놓으라고 지랄이고, 이제는 노동운동한다는 놈들이 한술 더 뜨니 말이야……."

백인홍이 화난 목소리로 말했다.

"할 수 없지 뭐. 지금은 과도기야. 시간이 가면
해결될 거야."

백 사장은 입을 다물었다.

이러한 『거품시대』 속의 몇 줄만 가지고도 짐작할 수
있듯이 이 소설의 주인공은 중소기업가들입니다.

중소기업가들(옛날식으로 말하자면 부르주아)이 한국소
설의 주인공으로, 그리고 제6공화국 시대의 전형적 한
국인 모습으로 등장하고 있다는 점이 바로 『거품시대』가
이전의 모든 한국 소설들이 아직 할 수 없었던 일을 처
음으로 해내고 있다는 매우 중요한 의미가 되는 것입니
다. 이 소설은 바로 지금이기에 태어날 수 있는 소설이
고, 이 시대에 반드시 나와야 할 소설입니다.

이 소설을 읽는 독자들은 줄거리가 어떻게 전개되고
있는지에 너무 집착하지 말고, 소설 속 대사와 지문을
통해 작가가 얼마나 우리가 살아왔던 시대를 빠짐없이
기록으로 남기려고 애쓰고 있나 하는 점에 관심을 가지
고 읽으시면 참 재미있게 읽힐 것입니다.

우리가 살고 있는 세상의 중심에서 한때 기세등등했던

비리의 벌거벗은 모습 때문에『거품시대』는 세월이 갈수
록 더욱 우리 민족의 교훈으로서 뜻깊어질 소설입니다.

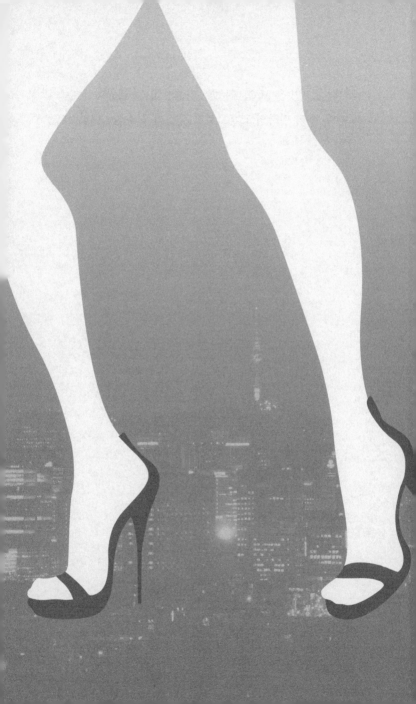

차 례

제3부

1. 고뇌하는 여자 : 진미숙

- 미국 공연을 위해 시카고로 가는 진미숙.
- 가난은 사람을 외롭도록 내버려두지 않는다. 하지만 가난은 영혼을 좀먹는 암이다.
- LA와 뉴욕이 자본주의의 표본이라면 아무도 자본주의를 선망하지 않을 것이다(마약과 범죄와 폭력 때문). 반면 만약 서울이 자본주의의 표상이라면 모두가 자본주의를 하려 추종할 것이다.

권 의원에게

내일 아침 미국으로 떠나기 전 권 의원에게 몇 자 남기고자 한다. 지금 권 의원에게 전화를 하려니 미안한 마음만 앞서 편지로 대신하는 것이다. 이해해 주기 바란다.

관세청 문제로 권 의원에게까지 피해를 입히게 되어 어떻게 용서를 구해야 할지! 회사는 파산하고 법망을 피해 외국으로 도망치는 몸이 된 나의 무능함과 답답함을 통탄할 뿐이다.

권 의원이 부탁한 진성구 사장의 약점을 발견했다.

원하던 대로 대하실업의 신축 공장을 권 의원의 지
역구로 유치하는 데 도움이 되었으면 좋겠다. 진 회
장이 외동딸인 진미숙 명의로 된 미국 은행의 계좌
에 거액의 외화를 빼돌리고 있다고 한다.

이 편지를 전해줄 백인홍 사장이 자신의 회사 제품
을 미국에서 세일즈해보라고 적극 권유하는 터라
미국으로 간다. 앞으로 기회가 있으면 미국에서 만
날 수 있으리라 믿는다. 백 사장은 누구보다 의리가
있는 사람이니 앞으로 가까이 지내길 바란다.

권 의원과 백 사장의 우정을 확인한 이상 비록 내
모든 것을 잃었지만 실망하지는 않는다. 마지막으
로 나를 파멸시킨 진 사장을 조금도 원망하지 않는
다. 권 의원에게 진 사장의 약점을 전해주는 것으로
나는 진 사장을 용서할 것이다.

아무쪼록 원하는 일이 모두 이루어지기 바라며, 이
만 줄인다.

진범

이상이 바로 이진범이 미국으로 떠나기 전날 살롱 '귀
빈'에서 쓴 편지의 내용이었다. 이 편지를 받은 권혁배는
진성구에게 그의 약점인 외화 도피 문제를 슬금슬금 비

쳤다. 결국 권혁배는 진성구로부터 대하실업의 다음번 신축 공장을 자신의 지역구에 짓는다는 약속을 받아냄으로써 소기의 목적을 달성했다.

그러나 정작 심각한 일은 그때부터 일어났다. 진성구가 은밀하게 수소문해본 결과, 권혁배의 정보 제공원은 이진범이었고, 이진범에게 정보를 제공한 사람은 그와 불륜관계를 가졌던 자신의 여동생 진미숙이라는 확신을 가지게 되면서부터였다. 진성구의 분노는 폭발했다. 그가 진미숙을 잔인하게 질타함으로써 자신의 분노를 풀려고 한 것은 그 당시로서는 어쩌면 당연한 일인지도 몰랐다. 하지만 이 일은 여기서 끝나지 않았다.

이진범이 미국으로 도피한 지 6개월 후 어느 날 진미숙은 자신의 아파트 내 욕실에서 면도칼로 손목을 그었다. 그녀가 왜 자살을 기도했는지, 자살로써 무엇을 얻기를 기대했는지 그녀 자신도 정확한 이유를 설명할 수 없었다. 그날 한밤중 욕조 안에서 왼쪽 손목에 면도칼을 대었을 때, 진미숙은 이진범의 얼굴을 떠올리고 있었고, 진성구가 자기에게 퍼부은 악담을 떠올리고 있었다. 참을 수 없는 배신감을 드러낸 이진범의 얼굴은 그녀에게서 살아나갈 이유를 앗아갔고, "너는 창녀보다 못해!"라는 진성구의 말은 그녀에게 예리한 면도칼로 손목을 그을 수 있는 용기를 주었다.

그러나 운명이 그녀의 죽음을 허용치 않았다. 그녀는 죽음 직전 다시 살아났다. 하지만 그것은 그녀에게 새로운 희망을 주기보다 새로운 절망을 가져다주었다. 그러한 절망 속에 학교 강의도 그만두고 집 안에 틀어박혀 지내던 어느 날, 그녀에게 노란색 봉투가 배달되었다. 발신인이 적혀 있지 않은 그 봉투 안에는 아무런 설명도 없이 한 편의 1인극 희곡 〈박정희의 죽음〉이 들어 있었다.

진미숙은 받는 즉시 그 희곡을 읽어보았고, 통독하고 난 다음 아들 때문에라도 열심히 살아야겠다는 각오가 섰다. 대본 중 박정희가 죽기 전 자식들에게 부르짖는 말에 감명을 받았기 때문이었다.

비로소 그녀는 할 일을 찾았고, 그 할 일을 찾는 순간 절망에서 빠져나올 수 있을지도 모른다는 희망을 가졌다. 그다음 그녀가 할 일은 1인극 희곡을 연출하는 것이었다. 그녀는 자신이 구축한 감옥의 벽을 허물어뜨리고 나와 연출에 온 정열을 쏟아부었다.

그 결과 진미숙은 절망 속에서 어느 정도 빠져나올 수 있었고, 또한 그 극은 재미교포들을 위한 미국 순회 공연극으로 선정될 만큼 연출가로서의 능력을 인정받는 계기가 되었다.

초가을 어느 날 진미숙은 다섯 명의 단원들과 함께 미국 공연을 위해 태평양 상공을 나는 비행기에 타고 있었다.

'앞으로 한 시간 후 LA 공항에 도착할 예정입니다. 간단한 저녁식사가 제공되겠습니다.'

기내방송이 들려왔다.

비즈니스 클래스석 한쪽에서 곤히 잠들어 있던 진미숙은 기내에 켜진 환한 불빛 때문에 눈을 떴다. 옆 좌석에서 대본을 들고 있던, 박정희 역을 맡은 20대 후반의 남자 배우 송명세가 진미숙에게 미소 지으며 말했다.

"진 선배님, 몹시 피로하셨던 모양입니다. 곤히 잘 주무시던데요."

"겨우 다섯 명이 함께하는 1인 창작극을 연출하는 데도 신경이 많이 쓰였던 모양이야."

진미숙이 말했다.

"당연하지요 뭐. 첫 번째 연출 작품인 데다 첫 번째 해외 공연이니까요. 거기다가 거의 20년 동안 한국의 역사를 끌어간 박정희가 총탄을 맞고 숨을 거두기 전까지의 독백을 극화한 거잖아요."

"서울에서는 반응이 좋았는데, 미국에서도 어떨는지 모르겠네."

"괜찮을 거예요. 박정희는 미국에서도 잘 알려진 사람이니까요. 특히 박정희가 가슴에 총을 맞고 숨을 거두기까지 무슨 생각을 했었는지 누구나 궁금해할 테니까요."

"글쎄, 그랬으면 좋겠는데······."

"아직도 이 대본의 원작자가 나타나지 않았지요?"

잠시 사이를 두었다가 송명세가 물었다.

"아직도······ 누군지 감도 통 못 잡겠어. 나타나지 않는 이유도 모르겠고, 왜 나한테 보냈는지도 알 수 없고. 혹시 박정희가 총탄에 맞고 숨을 거두기 전 자신의 독백을 원고지에 옮긴 게 아닐까?"

진미숙의 농담에 송명세가 미소 지었다.

"진 선배님은 왜 이 작품을 무대에 올렸어요?"

송명세가 물었다.

"원작자가 나에게 새로운 생명을 주었으니까······."

송명세가 어리둥절한 표정을 지었다.

"아직 한 번도 보진 못했지만 나는 원작자를 사랑하기로 했어."

진미숙이 미소 속에 다시 말했다.

"무슨 이유로요?"

"누군지 모르면 배신을 당하지 않으니까."

송명세가 진미숙의 말을 농으로 받아넘기곤 대본을 뒤적였다.

"어느 부분이 특히 마음에 들어서 연출하기로 결정하신 거예요?"

"글쎄…… 전체가 다 마음에 들지만…… 굳이 찾는다면 마지막 부분일 거야. '아들아!' 하고 나오는 곳부터."

송명세가 들고 있던 대본의 마지막 부분을 펼쳐 보였다.

"이 부분을 말하시는 거죠?"

"맞아. 한번 멋지게 읽어줄 테야? 후배님 목소리로 다시 듣고 싶어."

진미숙이 고개를 뒤로 기대고 눈을 감았다. 송명세가 두 번째 총탄을 머리에 맞은 뒤 마지막으로 숨을 거두기까지의 박정희가 되어 대본 속의 그의 독백을 나직이 읽어내려갔다.

아들아! 너의 존재는 비록 내 옆에 있지는 않았지만 내겐 무서움을 모르는 힘이었고 원동력이었다. 너는 항상

내 머릿속에 자리잡고 의연한 음성으로 나를 움직여왔다. 네가 살 조국의 미래를 위한 것이라면 나는 내 생명을 한줌의 흙으로 바꾸는 데 서슴지 않았고, 너에게 명예를 유산으로 남길 수 있다면 어떤 혹독한 고통도, 천하가 공노할 어떤 잔인함도, 어떤 비굴한 간교함도 받아들일 각오가 되어 있었다.

아! 내 조그마한 심장이 수백 수천 갈래로 갈라터져 온몸의 피가 목구멍으로 치받아 올라온다. 내 입에서 흘러나오는 피로 너에게 미안하다고, 이 못난 아비를 용서해달라고, 메마른 대지 위에 쓸 수만 있다면!

"생선과 쇠고기, 어느 쪽을 드시겠어요?"

송명세가 박정희의 독백을 읽는 중 스튜어디스가 다가와 그들에게 물었다.

"아무것도 원하지 않아요."

진미숙이 말했고, 송명세도 고개를 저었다. 송명세가 다시 대본을 읽기 시작했다. 진미숙은 눈을 감은 채 듣고 있었다.

아들아! 어머니를 빼앗기고 넋을 잃은 듯한 어린 너를 보았을 때, 컴컴한 청와대 넓은 복도를 걷다가 나를 향해 보내는 원망의 눈길을 맞이했을 때, 공부하다 책상 위에 엎드려 잠든 너의 뒷모습을 보았을 때, 나는 수천 발의 흉탄이 내 가슴을 산산조각 내는 것보다 더 아픈 고통을 맛보았다. 그러면서 나는 한없이 후회했다. 그 옛날 야구장에 가자는 너의 조그마한 소원을 들어주지 못했던 것을, 언젠가 누나와 싸운다고 너에게 호통친 것을. 그리고 나는 그때 깨달았다. 세상의 어느 누구보다도 너를 사랑한다는 것을. 그러나 어린 아들에게서 어머니를 빼앗아간 아비가 무슨 방법으로 사랑을 표현할 수 있겠는가.

내 사랑하는 아들아! 이 못난 아비를 조금이라도 이해해 다오. 탕아로, 늙은 탕아로 인생을 끝마쳐야 하는 아비의 기구한 운명을, 내가 그토록 추구했던 명예보다 탕아의 아들이라는 불명예를 너에게 남겨야 하는 이 아비의 비통한 심정을, 내 생명보다 더 소중한 아내를 잃고부터 고통 속에 몸부림치다 죽은 아비의 원통함을.

"계속 읽을까요?"

송명세가 물었다. 진미숙이 눈을 감은 채 고개를 끄덕였다.

가여운 아들아! 그러나 역사가 아무리 변덕스럽고 잔인하다 하더라도 이 사실만은 부정하지 못할 것이다. 조국의 헐벗은 산을 푸르게 만들었고, 조국의 농촌에서 초가지붕을 몰아냈으며, 조국의 농민들에게서 보릿고개라는 단어를 영원히 지워버렸다는 사실을……. 언젠가 때가되면, 그때가 언제가 될지는 몰라도, 나의 아집이, 나의 집념이, 나의 잔인함이 풍요로움의 원천이 되었다고 이해하는 사람이 등장할 것이다. 그때가 되면, 내 아들아, 아버지·어머니를 흉탄에 빼앗기고 고아가 되어버린 너의 고통도 한가닥 흐뭇한 추억으로 회상할 수 있게 될 것이다. 불쌍한 아들아! 이 말을 내가 너에게 남기는 마지막 말로 받아다오. 너를 누구보다 사랑하는 아비가 용서를 빈다는 말을.

아! '모래실'의 가난이 그립구나! 그곳의 가난은 나를 이토록 외롭게 내버려두지는 않았다.

"박정희가 태어난 동네 이름이 '모래실'인가요?"
송명세가 옆에 앉은 진미숙에게 물었다.

"그렇다고 해……. 아들딸한테 그 흔한 미안하다는 말 외에 달리 할 말이 없었을까? ……하기야 다른 말은 필요 없을 거야. 자기 혼자서 죽음의 평온함을 찾아가는 거니까……."

진미숙이 느릿하게 말했다.

"정말로 빈곤이 사람을 외롭게 내버려두지는 않을까요? ……가난한 사람들은 옹기종기 모여 살며 뭐든지 나누어 가져야 하니 외로움을 느낄 시간이 없을지도 모르지만."

송명세가 혼잣말처럼 말했다.

"작가가 말하려는 것은 아마 박정희가 숨을 거두는 순간 그의 반평생을 지배해온 아집, 즉 빈곤에서 탈출해보겠다는 아집을 버리게 된다는 걸 거야."

진미숙이 눈을 감은 채 말했다.

"왜 버리게 되지요?"

"죽음 앞에서는 모든 아집을 버리게 되지. 죽음만이 인간에게 완벽한 자유를 가져다주니까."

진미숙이 여전히 눈을 감은 채 말했다. 그녀의 입에서 나온 죽음이라는 단어에 송명세는 진미숙의 왼쪽 손목에 힐끔 시선을 주었다. 살점이 짓이겨진 흉터 자국이 보였다. 수술하면 간단히 없앨 수 있을 터인데 흉터를 숨기

려고 하지도 않고 그대로 간직하고 있는 진미숙의 심정
이 이해가 되지 않았다.

"이 작품의 원작자가 누군지 진 선배님은 전혀 눈치도
못 챘어요?"

"전혀."

"어떤 사람인 것 같아요?"

"감수성이 예민하고 가슴속에 견디기 어려울 정도의
고통을 지니고 있고…… 그리고 다중인격을 소유하고 있
고……."

"왜 다중인격 소유자일 거라고 생각하세요?"

"작가가 완전히 작중인물이 될 수 있어야 하니까."

순간 그녀의 머릿속에 이진범이 떠올랐다. 세상에서
다중인격을 소유한 사람을 한 사람 지목하라면 한순간
도 주저하지 않고 이진범을 지목할 수 있을 것 같았다.
그러나 다음 순간 진미숙은 머리를 저었다. 아무리 지독
한 다중인격자라 해도 그런 감수성이 있는 자가 그렇게
잔인한 배신행위를 할 수는 없을 것이라고 그녀는 단정
했다.

"만약 원작자가 남자라면, 진 선배님이 일생을 같이할
만한 사람이라고 생각하세요?"

송명세의 질문에 진미숙은 눈을 뜨고 그를 멍하니 쳐

다보았다. 엉뚱하긴 하지만 재미있는 질문이라는 표정을 지었다.

"글쎄…… 젊을 때는 감수성이 너무 예민해 같이 살기 힘든 남자일 거야. 하지만 늙어선 같이 살 만한 남자일지도 모르지. 여자의 도움을 필요로 할 테니까."

"혹시 그런 남자를 알고 있어요?"

"알고 있지."

"누구예요?"

진미숙은 왼쪽 손목을 내밀었다.

"나를 이렇게 만든 남자……."

머쓱해하는 송명세에게 진미숙은 미소 지어 보였다. 차가운 미소였다. 근래 진미숙이 짓는 미소는 항상 그러했다. 진미숙이 자리를 고쳐 앉으며 눈을 감았다. 이진범은 지금쯤 미국 어디에서 무슨 일을 하고 있을까? 순간 이진범의 모습이 그녀의 머릿속에 그려졌다. 그녀의 생각은 세월을 훌쩍 뛰어넘어 순식간에 1년 전 어느 날로 되돌아가고 있었다.

그날 저녁, 여느 날 저녁과 마찬가지로 헤어진 남편 이성수 사이에서 난 네 살 된 아들을 침실로 데려갔다. 아들의 옷을 벗기고 먼저 잠옷 바지를 입혔다. 윗도리를 입히기 전 그녀는 아들의 상체를 꼭 껴안았다. 아들이 답답해서 몸을 빼낼 때까지 부둥켜안고 떨어질 줄 몰랐다.

잠옷 윗도리를 입히고 침대에 눕힌 후 이불을 목까지 덮어준 다음 그녀는 침대 옆에 꿇어앉아 아들의 뺨에 입술을 갖다대었다. 이유 없는 눈물이 주르륵 그녀의 뺨을 타고 흘러내렸다. 그녀는 아들이 눈치채지 못하도록 뺨 위를 흐르는 눈물을 닦으며 아들에게서 떨어졌다. 그녀는 얼른 손을 뻗어 침대 옆 스탠드를 껐다.

"엄마, 우는 거야?"

어둠 속을 비집고 아들의 목소리가 들려왔다.

"아니."

"그럼 이건 뭐야?"

아들이 손을 뻗어 그녀의 얼굴을 만지며 말했다.

"눈에 뭐가…… 들어갔나봐."

그녀가 우물쭈물 답했다.

"엄마, 잘 자."

"진호도 잘 자."

진미숙은 비틀거리며 아들의 방에서 나왔다. 응접실의 환한 불빛을 대하자 손으로 눈을 가렸다. 벽을 더듬어 스위치를 껐다. 캄캄한 응접실을 지나 창가로 가 커튼을

열어젖혔다. 그리고 그녀는 응접실 안 소파에 털썩 주저
앉았다.

"뭐 마실 거라도 갖다드릴까요?"

일하는 아주머니가 주방 문을 열며 물었다.

"아니에요. 아무것도 필요 없어요."

목을 뒤로 젖히고 눈을 감은 채 진미숙이 말했다.

"아주머니, 오늘 저녁은 집에 가서 주무세요."

"왜요?"

"그냥 혼자 있고 싶어서요."

"그러지요."

"택시비 있으세요?"

진미숙이 고개를 돌려 그녀를 보고 말했다.

"네, 걱정 마세요."

아주머니가 방에 들렀다가 '그럼 내일 올게요'라는 말
을 남기고 현관을 나섰다. 진미숙은 소파에서 일어나 아
파트 문을 잠근 후 주방에서 술병을 들고 나와 소파에
앉았다.

그때부터 그녀는 술을 마시기 시작했다. 얼마 동안 마
셨을까? 테이블 위에 있던 위스키병이 다 비워졌을 때야
그녀는 자리에서 일어났다. 그녀는 불이 꺼진 침실로 가
옷을 입은 채 침대에 몸을 던졌다.

침대 위에 누운 그녀는 추운지 옆으로 몸을 돌려 움츠리더니 곧 두 손으로 귀를 막고 온몸을 뒤틀었다. 곧이어 그녀는 천장을 향해 몸을 똑바로 하고서 귀를 막은 채 소리를 질렀다. 밀폐된 고층 아파트의 밤의 정적 속, 그녀가 지른 소리가 방안에 울려퍼지면서 그녀를 덮쳐왔다. 거친 파도처럼, 세찬 바람처럼.

　그녀는 벌떡 일어나 침실 문을 열고 나섰다. 욕실로 가 욕조에 물을 받았다. 무슨 노래인지는 모르나 입속으로 흥얼거리며 욕조 옆에 꿇어앉아 물이 차기를 기다렸다.

　잠시 후 그녀는 욕조 속에서 얼굴만 내놓고 옷을 입은 채 몸을 푹 담그고 있었다. 그녀의 입에서는 여전히 흥얼거리는 노랫소리가 새나왔다. 불이 꺼진 캄캄한 욕실은 욕조에서 흘러내리는 물소리와 그녀의 흥얼거리는 노랫소리, 그리고 온수가 내뿜는 증기로 가득 찼다.

　그녀는 욕조 속에서 오른손을 들어올렸다. 면도칼이 들린 오른손이 한참을 허공 속에서 흔들리다가 갑자기 욕조 밖으로 축 늘어졌다. 그녀는 그때 입속으로 무슨 말인지 중얼거리고 있었다. 오빠 진성구가 자신에게 한 말, '너는 창녀보다 못해. 이진범이 너를 이용한 거야'라는 말을 그녀는 중얼거리고 있었다. 그리고 그녀의 머릿속에는 간교한 이진범의 모습이 떠올랐다. 순간 그녀는 오른손을 들어 왼쪽 손목으로 가져갔다.

잠시 찡그렸던 얼굴이 다시 펴졌다. 그녀의 왼쪽 손목에서 피가 흐르고 있었다. 그녀는 피가 흐르는 왼손으로 계속해서 머리를 뒤로 넘기면서 다시 입속으로 노랫가락을 흥얼거리기 시작했다.

"나의 살던 고향은 꽃 피는 산골…… 그 속에서 놀던 때가 그립습니다."

그녀는 같은 소절을 부르고 또 부르며 오른손으로 욕조 안의 수면을 쓰다듬었다.

욕실 문이 열리는 소리에 그녀는 천천히 고개를 돌렸다. 열린 문으로 증기가 빠져나가면서 아들의 모습이 보였다. 손으로 증기를 헤치면서 욕실로 들어와 변기에 소변을 보는 아들의 모습을 응접실 창으로 들어온 달빛이 드러내주었다. 아들이 소변을 누고 욕실을 나서려다 말고 욕조 쪽으로 고개를 돌렸다. 눈과 눈이 마주쳤다. 아들은 못마땅한 표정을 하더니 이내 성난 표정을 지었다.

"엄마, 지금 몇 신데 잠 안 자고 목욕하고 있어? 빨리 나와."

아버지가 딸을 꾸짖듯 아들이 엄숙하게 말했다. 그러고는 욕실 문을 '꽝' 닫고 나가버렸다. 어수룩하기만 한 진호가 그런 위엄을 갖추리라고는 상상할 수 없었다. 그

녀가 일생 동안 알았던 어떤 남자보다 위엄 있는 모습이
었다.

그녀는 움찔했다. 아들의 순진한 눈빛은 거역할 수가
없었다. 그것은 순진함의 지시였다. 어떻게 그런 순진함
을 무시할 수 있겠는가! 그녀는 있는 힘을 다해 욕조에
서 몸을 일으키려고 버둥댔다. 그녀는 머리를 욕실 바닥
쪽으로 향하게 하고 몸을 뒤척였다. 욕실 바닥으로 그녀
의 몸이 떨어졌다. 그녀는 두 무릎과 두 팔꿈치로 욕실
바닥을 기기 시작했다. 쓰러지면서 다시 몸을 들어 기고
기다가 다시 쓰러지고.

욕실 문 앞까지 와 그녀는 문손잡이를 올려다보았다.
자신의 힘으로는 상체를 일으켜 손잡이를 돌릴 힘이 없
다는 것을 그녀는 알고 있었다. '도와주세요, 제발 저를
좀 도와주세요'라고 누군가에게 애원하며 상체를 일으키
려 했다. 있는 힘을 다해 상체를 반쯤 일으켰을 때 그녀
는 머리가 몽롱해지며 정신을 잃었다.

그러다 정신이 돌아왔을 때 그녀는 다시 상체를 일으
키려 했다. 아버지, 제발 좀 도와주세요. 그녀가 속으로
울부짖으며 상체를 일으킴과 동시에 오른손을 뻗어 손잡
이를 잡는 순간 그녀의 몸이 뒤로 벌렁 넘어졌다. 그녀
는 다시 몸을 뒤척이다가 머리를 문 쪽으로 옮겼다.

28

진호야, 제발 엄마를 좀 도와줘. 그녀가 중얼거리며 다시 한 번 오른손으로 손잡이를 잡는 순간 놀랍게도 문이 슬그머니 열렸다.

마침내 그녀는 복도로 기어나와 전화기 선을 잡아당겼다. 전화기가 바닥에 떨어졌다. 그녀는 오른손으로 전화기를 똑바로 세우고 119를 눌렀다.

"살려주세요. 제발 살려주세요. 꼭 살아야 해요."

그녀는 가쁜 숨결 속에 울부짖기 시작했다.

착륙 준비를 위해 동체에서 바퀴가 빠지는 소리가 들렸다. 진미숙은 회상에서 깨어나 창밖으로 시선을 보냈다. 조금 전까지 초저녁 바다의 엄숙함만이 펼쳐져 있던 창밖의 풍경이 어느새 가로등과 자동차 헤드라이트 불빛의 현란함으로 바뀌어 있었다.

그녀는 어떤 기대감에 가슴이 부풀었다. 도시란, 특히나 미국과 같은 선진 자본주의 국가의 도시란 예술과 자유를 찾는 사람에게는 항상 관대하다는 생각이 들어서였다. 예술을 찾는 사람에게는 예술을 제공해주고, 자유를 원하는 사람에게는 자유를 선사해주고.

미국 생활을 정리하고 서울에 정착한 후 서울이라는 도시에 대하여 그녀가 불만스러워했던 것이 있다면, 서울은 예술인과 자유인의 도시가 아니라는 것이었다. 서울은 예술인의 도시가 되어본 적이 없었다. 그곳은 항상 정치인·장사꾼·군인·노동자·대학생의 도시였지, 예술인의 도시는 아니었다.

파리·런던·뉴욕·LA·베를린·로마…… 그들 모든 도시는 달랐다. 그들 도시들은 언제나 예술인이 무대를 차지하고 있었고, 정치인·장사꾼·군인·노동자·대학생들을 엑스트라로 잠시 무대 위에 올려놓았을 뿐이었다.

진미숙은 LA 시내의 불빛을 마주하자 방금 전의 악몽 같은 회상에서 완전히 벗어나 처음으로 해외여행을 하는 어린 소녀처럼 흥분해하는 빛을 띠었다.

'덜커덕' 하고 기체가 활주로에 내려앉았다. 기체를 활주로에 정지시키기 위한 랜딩 기어의 엔진 소리가 요란하게 들려왔다. 그 소리를 가슴속으로 받아들이는 진미숙의 얼굴이 상기되었다. 어떤 비극이 대단원의 막을 내리듯이 그 소리는 그녀에게 장엄한 인생의 종말을 떠오르게 했다. 슬금슬금 시들어버려 끝장이 나는 인생이 아니라 힘차게 뻗치다가 꺾여버리는 인생, 그런 인생이 자신의 인생이 되리라는 자신감에 찼다. 동시에 오랫동안 그녀를 괴롭혀왔던 두려움도 순식간에 사라졌다. 손목의 혈관을 끊은 후 얻은 자신감이었지만 그녀는 그것을 다시 한 번 확인한 셈이었다.

공항 대합실로 나서는 진미숙에게 50대 초반의 한 남자가 다가섰다.

"진미숙 씨지요? 저는 대하실업의 LA 지점장 이현식입니다."

진미숙이 성가시다는 듯 얼굴을 찡그렸다.

"제가 온다는 건 어떻게 아셨죠?"

진미숙이 이현식에게 퉁명스럽게 물었다.

"진 사장님께서 전화를 주셨습니다. 제가 도와드릴 일이라도?"

"여기서 다섯 시간 후에 시카고로 가는 비행기로 갈아타야 해요. 도움받을 일이 별로 없네요."

"일행과 시내로 가셔서 한국 음식이라도 드시지요?"

"저는 필요 없는데 단원들한테 물어보지요."

"그리고 진 사장님께서…… 부탁하신 일도 있고요."

이현식 지점장이 어물어물 말했다.

"무슨 일인데요?"

"UCLA 병원에 예약을 해놓았습니다. 진 사장님으로부터 이번 기회에 성형수술을 받게 하라는 지시를 받았습니다."

이현식이 진미숙의 왼쪽 손목으로 힐끔 시선을 보내며 말했다. 진미숙이 어이없다는 표정을 지었다.

"진 사장님한테 전하세요. 내 일은 내가 결정할 테니 공연히 간섭하지 말고 돈이나 열심히 벌라고요."

얼떨떨해하는 이현식에게서 등을 돌린 진미숙이 단원들과 잠시 얘기한 후 다시 돌아섰다.

"단원들을 시내에 데리고 가 한국 음식을 사주세요. 저는 상관 말고요."

"알겠습니다. 그렇게 하지요."

단원들이 이현식 지점장을 따라 공항 대합실의 출구로 나가자 그녀는 자동차 임대회사인 '허츠'의 카운터로 갔다.

반 시간 후 진미숙이 모는 천정 없는 흰색 스포츠카는 프리웨이를 빠져나와 네온사인이 휘황찬란한 도심에 들어섰다. 트렌치코트로 몸을 감싸고 노란색 스카프와 연한 선글라스로 머리와 눈을 가렸지만 그 차를 모는 여자는 어느 누구의 눈에도 인생의 고뇌를 경험해본 적이 없는, 자신감과 매력이 넘쳐흐르는 여자로 보일 만했다. 핸들을 잡은 왼손 손목에 보이는 흉터만 없었다면 그렇다는 말이다.

'선셋' 대로 주변에 즐비한 난잡한 상점들 앞을 서성거리는 사람들에게 시선을 주며 진미숙은 차를 몰아나갔다. 페인트로 아무렇게나 그려놓은 난잡한 벽화들, 싸구려 옷가게, 조잡한 네온사인을 양옆에 두고 진미숙이 모는 차는 선셋 대로 위를 계속 달려나갔다.

거리를 활보하는 연인들, 핫팬츠를 입고 긴 부츠를 신은 여자들, 그들에게 의미심장한 시선을 주는 중년의 남자들, 손에 든 카세트 플레이어에서 흘러나오는 왁자지껄한 음악과 그 음률에 맞춰 어깨를 들썩이는 젊은이들의 모습이 그녀의 눈에 비쳤다. 그녀는 미소 지었다.

그들 모두는 밀림 속에서 먹이를 찾아 날뛰는 야수들이지만 생의 활력을 지니고 있었다. 그들이 몹시 부러워졌다. 생의 활력이 넘치는 곳에는 항상 개성이 뒤따랐고, 개성이 존재하는 곳에는 자유가 있었다. 그리고 그런 곳에는 명예와 부를 좇지 않는 진정한 예술가가 있게 마련이었다.

진미숙은 서행하면서 길 양옆 골목길 안쪽을 유심히 보았다. 아니나 다를까, 오른쪽 골목 안쪽에 사람들이 모여 있었고 그곳에서 음악이 들려왔다. 그녀는 차를 보도 옆에 세웠다. 차에서 내려 사람들이 모인 곳으로 가 그 속을 비집고 안으로 들어섰다.

한 흑인 청년이 통기타를 신나게 치며 마이클 잭슨의 노래를 부르고 있었고, 흰 장갑을 낀 다른 흑인 소년이 마이클 잭슨 특유의 발놀림을 열심히 흉내내고 있었다. 그녀는 주위 사람들과 같이 손뼉을 치며 미소 속에 노래를 따라 불렀다.

잠시 후 노래를 따라 부르던 주위 청중들의 흥이 고조되면서 남녀 구별 없이 어울려 춤을 추기 시작하자 진미숙도 그들 사이에 끼었다. 떠들썩한 노래가 끝나자 청중들이 환성을 보내는 중에 진미숙 앞에서 춤추던 긴 금발의 청년이 그녀의 허리를 껴안고 가볍게 들어올렸다. 진미숙이 머리에 쓴 스카프를 풀어헤치자 그녀의 긴 머리카락이 공중에서 나부꼈다. 금발의 청년이 진미숙을 내려놓으며 그녀의 입술에 열정적인 키스를 퍼부었다.

"와! 당신은 대단한 사람이군. 안 그래요?"

입술을 떼며 진미숙이 말했다.

"우리 멋지게 놀아봅시다. 파티가 있는데 같이 가지 않을래요?"

금발의 청년이 말했다.

"오늘은 안 돼요. 다음번에……."

진미숙이 자리를 뜨며 미소 속에 말했다.

"당신 어디 살아요?"

"같은 하늘 아래……."

진미숙이 하늘을 가리키고 나서 '바이 바이' 하고 그에게 손짓했다.

잠시 후 그녀가 모는 차는 공항으로 향하는 프리웨이를 달려나갔다. 오른쪽이 대낮처럼 환해 그곳에 시선을 보냈다. 야구장을 밝히는 전등탑이 보였다. 순간 그녀는 액셀러레이터를 힘껏 밟았고 차는 '쌩' 하고 밤바람을 헤치며 쏜살같이 달려나갔다. 그래도 눈앞에 나타난 이진범의 모습은 사라지지 않았다.

오빠 진성구가 한 말, '너는 창녀보다 못해!'라는 말이 들려오면서 그녀는 두 손을 핸들에서 놓고 양 귀를 막았다. 지나가는 차들의 경적에 차가 비틀거렸지만 그녀는 두 손을 귀에서 떼지 않았다. '앵' 하는 사이렌 소리가 서너 번 들려온 뒤에야 그녀는 정신이 들었는지 귀에서 손을 떼고 핸들을 잡으며 뒤를 돌아보았다. 번쩍번쩍하는 경찰차가 보였고, '정지, 정지' 하는 소리가 확성기를 통해 들려왔다. 그녀는 길옆으로 차를 세우고 경찰관이 자신에게로 다가오기를 기다렸다.

"아가씨, 운전면허증 좀 봅시다."

경찰관이 말하자 진미숙이 국제면허증을 제시했다.

"혹시 마약을 복용한 게 아니오?"

경찰관이 진미숙의 눈동자를 살피면서 물었다.

"마약이오? 마약이 아니라 저는 독약을 먹었어요."

경찰관이 놀라는 표정을 지으며 진미숙을 빤히 보았다.

"과거의 기억이 저에게 독약을 먹였지요."

진미숙이 미소 속에 다시 말했다.

"차에서 나와 걸어보시오."

경찰관이 문을 열어주자 진미숙이 차에서 내렸다.

"왼발과 오른발을 번갈아 끝을 붙이면서 똑바로 걸어 보시오."

경찰관이 방향을 가리켰다. 경찰관의 지시대로 진미숙은 왼발과 오른발을 번갈아가며 일직선 위에 놓고 5미터를 걸어갔다 왔다. 진미숙의 몸가짐에는 다분히 장난기가 섞여 있었다.

"좋소. 차에 타시오."

진미숙이 차에 탔다. 시동을 걸자 경찰관이 다시 말했다.

"아가씨, 충고 한마디 하겠소. 자살하려면 부디 고국에 돌아가서 하시오. 이 나라도 시체가 너무 많아 골칫

거리요."

"죽는다고요? 나는 오래오래 살기로 마음먹은 사람이
에요……. 그것도 멋지게, 바쁘게, 하고 싶은 일은 다 해
보고……."

진미숙이 소리 내어 웃었다.

"그리고 이렇게 빠르게요……."

그곳에 웃음소리만을 남긴 채 그녀의 차는 쌩, 하고
그들로부터 멀어져갔다.

2. 적과 동지 : 진성호

- 기획실장으로 승승장구 승진.
- 누군가 '돈은 문제가 아니지만……'이라고 말을 시작한다면 그것은 분명히 돈의 문제다.
- 전쟁을 계속하지 않으면 안 되는 것이 인간이다. 총성이 울리지 않으면, 상품으로 전쟁을 하는 것이다. 즉 수출된 상품이 점령군 역할을 하는 것이다.

　　진성호가 회장실 옆에 위치한 기획실장실로 들어선 것은 토요일 아침 8시가 조금 지나서였다. 새 사무실로 출근하는 승진 첫날은 누구나 흥분하게 마련이지만, 진성호는 흥분하기는커녕 분노에 차 있었다. 서른 살의 젊은 나이에 실장이 공석인 기획실의 차장으로 승진했으니 아무리 욕심이 많다 해도 직책에 불만을 가질 수는 없었다. 그가 분노하는 이유는 지난 1년 반 동안 기획실 과장으로 근무하면서 보아온 회사 내의 비능률적인 업무 처리 때문이었다. 특히 중역진의 부정과 안일함이 그의 분노를 자아냈다.

그는 자리에 앉기 전에 실장실 내부를 휘 둘러보았다. 방계회사로 좌천된 50대 중반의 전임 실장의 업무 대응력이 어느 정도인지 짐작이 가고도 남았다. 일하는 중역 사무실의 구색을 갖춘 것이 거의 없었다. 고리타분한 구시대 냄새만 물씬 풍길 뿐이었다. 그는 문을 열고 나왔다.

"총무과장 좀 올라오라고 해요."

여비서에게 말했다.

"네, 실장님."

"나는 실장이 아니고 차장이에요. 앞으로 실수하지 마세요."

그가 진지하게 말하자 여비서는 무안해 어쩔 줄 몰라 했다.

그는 기획실장실로 다시 들어가지 않고 옆에 있는 회장 비서실로 가 비서들은 거들떠보지도 않은 채 회장실 문을 열고 들어섰다. 그러고는 널찍한 방 중간에 놓인 소파 세트의 상좌에 털썩 주저앉았다. 잠시 사무실 내부를 둘러보던 진성호는 얼굴을 찡그리며 소파에서 일어났다.

아버지 진 회장의 책상 위를 훑어보았다. 서류함에 놓인 결재 서류뭉치를 집어서 듬성듬성 훑어보다간 피식 웃으며 서류뭉치를 내동댕이치듯 서류함에다 던졌다. 눈

에 보이는 모든 것이 비능률적이라는 생각이 들었기 때
문이었다.

중역의 역할이 빈둥빈둥 놀면서 서류 결재란에 도장이
나 찍는 것으로 착각하고 있는 건 아닌지! 무슨 놈의 결
재 절차가 이렇게 복잡한지! 대하실업의 중역들은 회장
의 결재 없이는 대소변도 보지 못하는 멍청이들인가! 진
성호는 대하실업에서 이러한 비능률적인 것들을 모조리
쓸어버리겠다고 다짐했다. 그러기 위해선 무엇보다 현
재의 중역들을 갈아치우는 일이 우선되어야 한다고 그는
결론지었다.

'삐' 하고 인터폰이 울렸다.

"차장님, 총무과장님 오셨는데요."

"알았어."

진성호는 회장실을 나섰다.

"이 과장, 따라오세요."

진성호는 이 과장을 거들떠보지도 않고 앞장서서 가다
가 문 위에 매달린 '기획실 실장'이라는 명패 아래 섰다.
180센티미터 정도의 큰 키인 그가 발뒤꿈치를 들더니 날
렵한 동작으로 명패를 낚아챘다.

"기획실 차장으로 바꾸세요."

"네."

뒤따르던 이 과장이 메모를 했다. 진성호는 명패를 쓰레기통에 던지고 문을 열고 안으로 들어갔다.

그는 창 옆으로 가 펄쩍 뛰어 묵직한 커튼의 윗부분을 잡더니 '북' 하고 잡아채서는 방 중간에다 내동댕이쳤다. 이 과장은 어리둥절해 있었다.

"이 방의 커튼을 다 걷어치우고 선팅 유리로 바꾸세요."

그러고 나서 진성호는 옆에 있는 묵직한 가죽 소파를 구둣발로 찼다.

"이 소파 다 내가요. 그리고 저 회의 탁자와 책상도."

그가 소파 옆에 놓인 회의 탁자와 큼직한 업무용 테이블을 가리키며 지시했다.

"앞으로 내 방에는 작은 책상 하나와 20명 정도 앉을 수 있는 직사각형 큰 회의 테이블 하나만 두고, 그 옆에 금고와 서류 캐비닛 두 개만 놓으세요."

"중요한 손님이 오시면 소파가 필요하실 텐데요."

이 과장이 메모를 하다 말고 진성호에게 말했다.

"대하실업에 오는 사람이나 근무하는 사람들은 누구를 막론하고 편하게 앉아 있을 만큼 한가한 사람들이 아니오. 회장님만 제외하고 말이죠."

"그러면……."

이 과장이 어물어물했다.

"그래요. 앞으로 한 달 이내에 중역실에서 소파 세트를 다 내보내세요."

"사장실은요?"

진성호가 뒤를 돌아보았다. 그리고 잠시 침묵을 지켰다가 빙긋이 웃었다.

"그대로 둬요."

이 과장이 안도의 빛을 띠었다.

"그리고 한 가지 더 있어요. 이 방 벽에 걸린 너절한 것 다 걷어치워요. 그림 따위는 팔아치우고, 회사의 상장이나 상패는 한 방에 다 모으도록 하세요."

"벽을 어떻게 장식할까요?"

"삼면의 벽에 환등기 스크린도 되고 수성펜으로도 쓸수 있는 흰색 칠판을 붙여요."

"너무 단조롭지 않을까요?"

"벽이 숫자와 글자로 꽉 찰 거요. 쓰고 지우고, 지우고 쓰고 하다 보면 칠판이 얼룩질 거고, 그러면 더욱 멋진 실내장식이 될 거요. 그래야만 회사가 클 수 있지요."

"다른 지시사항은요?"

"중역실 비서들 책상에 컴퓨터를 한 대씩 놓고 사내 컴퓨터 교육을 실시하세요. 앞으로 비서는 전화나 받고 차나 나르는 사람이 아니에요. 그리고 회장님 방과 사장실을 제외하고는 도자기 찻잔이나 차 끓이는 주방은 다 없애버리고, 중역실 층에는 자동판매기를 갖다놓으세요."

"오늘의 지시사항에 관해 총무부장님께 한번 얘기해주시겠습니까?"

진성호가 이 과장을 물끄러미 보았다.

"여보세요, 이 과장! 내가 총무부장에게 얘기해야 한다면 왜 이 과장하고 시간을 소비하겠어요? 내가 미쳤습니까?"

"아니, 그런 말씀이 아닙니다. 너무나 급격한 변화라……."

이 과장이 쩔쩔매며 어물어물했다.

"이 과장이 부장한테 얘기하세요. 부장이 내 의견에 동의하지 않는 부분이 있으면 나한테 오라고 하세요."

"네, 알겠습니다. 그럼 나가보겠습니다."

이 과장이 돌아서며 등을 보였다.

"마지막으로 한 가지."

진성호의 말에 이 과장이 돌아섰다.

"중역들이 쓰는 회사 차는 일체 개인적인 사용을 금한다고 하세요. 회사 차로 아이들 학교 데려다주는 일이 없도록 하라고 총무부장에게 전하세요."

이 과장의 얼굴빛이 달라졌다. 총무부장이 회사 차로 새벽에 수험생 딸을 학교에 데려다주는 것을 알고 있었기 때문이었다.

"네, 알겠습니다."

"그럼 나가보세요."

이 과장이 나가고 혼자 남게 되자 진성호는 선 채로 윗옷 속주머니에서 서류뭉치를 꺼냈다. 서류를 훑어보던 그는 갑자기 방 중간에 놓인 커튼뭉치를 힘껏 구둣발로 찼다.

도대체 중역이란 중역이 모조리 도둑놈들뿐이니! 진성호는 속으로 뇌까리며 소파에 털썩 주저앉았다. 그는 손에 들고 있던 서류를 탁자 위에 죽 펼쳐놓았다. 이복형인 진성호 사장을 비롯해 요직에 있는 회사 중역 여덟 명의 명의로 된 부동산 목록이 일목요연하게 나열되어 있는 서류를 들여다보기 시작했다.

이런 ××놈들! 회사의 녹을 받으면서 하라는 일은 하지 않고 온갖 부정한 수법을 다 동원해 개인 축재에만 혈안이 되어 있으니! 도대체 이런 지경에서 회사가 어떻게 살아남을 수 있었나? 한국에서만 있을 수 있는 기적이라고밖에.

진성호는 옆에 있는 인터폰의 버튼을 눌렀다.

"회장님 출근하셨나요?"

"네, 방금 출근하셨는데요."

비서가 답했다.

"아무도 들여보내지 말아요. 내가 좀 뵈어야겠으니까."

진성호는 서류를 모아 들고 소파에서 벌떡 일어나 회장실로 향했다.

"무슨 일이냐?"

일일 행사 일정표를 보던 진 회장이 노크도 하지 않고 성큼 들어서는 둘째아들 진성호에게 물었다.

"급히 의논드릴 일이 있어서요."

"무슨 일인데?"

진 회장이 좀 성가시다는 표정을 지어 보였다.

"이것 한번 보세요."

진성호가 서류를 아버지 앞에 펼쳐놓으며 말했다. 진 회장은 서류에는 시선을 주지 않고 둘째아들을 빤히 쳐다보았다. 시건방지게 굴지 말고 요점을 얘기하라는 무언의 명령처럼 보였다.

"요직에 있는 중역들이 소유한 부동산 목록이에요."

"그래서?"

"한번 보시면, 놀라실 거예요."

진 회장이 첫 장을 집어들었다. 한번 쭉 훑어보고는 의기양양해 있는 둘째아들을 쳐다보았다.

"이건 네 형 성구 것 아니냐?"

진성호는 묵묵부답이었다. 진 회장은 방금 본 진성구 소유의 부동산 목록이 기록된 서류를 진성호 앞에 내밀었다.

"당장 찢어. 네 손으로, 내가 보는 앞에서."

진 회장이 언성을 높였다.

"안 찢을 거야?"

서류를 받아들고 어리둥절해 있는 진성호에게 진 회장이 다시 다그쳤다. 진성호가 서류를 반으로 찢었다.

"갈가리 찢어."

진 회장이 다시 소리쳤다. 진성호가 서류를 여러 번 찢었다.

"재떨이 위에 놓고 불을 질러."

진 회장이 엄한 얼굴로 말했다.

"빨리!"

진성호가 얼른 재떨이에 찢은 서류 조각을 넣고 라이터를 켜서 대었다. 서류에 불이 붙었다가 곧 검은색 재로 변했다.

"너는 중대한 실수를 저질렀어. 뭔지 알아?"

진성호는 고개를 숙였다. 진 회장이 말을 이었다.

"어떤 이유에서든 형제간의 우애를 상하게 하는 일은 하지 않는 것이 우리 가문의 불문율이야. 절대 잊지 마."

진 회장은 두 번째 서류를 집어들었다. 잠시 훑어본 후 세 번째, 네 번째 서류를 슬쩍 보았다.

"누구를 시켜서 이 정보를 캐냈어?"

진 회장이 아들의 눈을 응시했다.

"정보기관에 있는 친구를 통해서요."

"정보기관이 어떻게 이런 정보를 알아?"

"정보기관 친구가 국세청을 통해서 알아냈나봐요."

"너는 실수를 또 하나 저질렀어. 벌써 중역들이 뒷조사를 했다는 것을 알고 있거나 누군가 곧 알려줄 거야. 그럼 어떻게 되는 줄 알아? 그날부터 중역은 회사와 적이 되는 거야. 자기 뒷조사를 하는 회사를 어떻게 믿겠어? 회사의 중역을 적으로 만들고 싶어, 아니면 친구로 만들고 싶어? 대답해봐."

"친구로요."

진성호가 마지못해 답했다.

"그럼 네가 지금부터 할 일이 있어. 여덟 명의 중역을 한 사람씩 불러 각자에게 서류를 나눠주면서 이렇게 얘기해. 누군가 중역들을 모함하려고 너에게 쓸데없는 투서를 했다고 말이야. 알아듣겠어?"

진 회장의 말에 진성호는 고개를 푹 숙였다.

"마지막으로 너는 세 번째 가장 큰 실수를 저질렀어. 정보기관 친구에게 회사의 약점을 보인 거야. 회사의 중역이 저렇게 축재할 수 있으면 오너가 큰 약점이 있는 걸로 보게 돼 있어. 한국에서는 큰 사업 하려면 정치자금 때문에 약점이 있게 마련이야. 일본도 마찬가지야. 오늘 당장 전화 걸어서 중요하지 않은 일처럼 얼버무려놔. 그리고 그 친구를 다시 만나선 안 돼."

진 회장은 잠시 침묵을 지켰다가 다시 말을 계속했다.

"여기는 미국하고 달라. 적을 만들면 안 돼. 친구가 될 수 없을 것 같으면 멀리하면 되는 거야. 바른말 해서 미움을 사기보다 거짓말하는 게 나아. 철창신세 안 지고 사업을 계속하려면 말이야. 알았으면 나가봐."

"네."

진성호가 일어났다. 문을 열기 직전, 진 회장이 한마디 덧붙였다.

"당장 중역들 부르는 것 잊지 마."

"네, 알겠어요."

진성호가 회장실 문을 열고 나와 차장실 쪽으로 가고 있을 때, 회장 비서 책상 위의 인터폰에서 진 회장의 목소리가 들려왔다.

"진 차장. 나 다시 좀 보자고 해. 지금 당장."

비서가 전할 것도 없이 진성호는 얼른 되돌아서서 회장실 쪽으로 향했다.

"여기서 차나 한잔 하고 가."

방금 전의 엄한 표정과는 전혀 달리 진 회장은 예의 그 온화한 표정으로 말했다. 진성호가 진 회장 옆 소파에 앉았다.

"여기 인삼차 두 잔 가지고 와."

진 회장이 인터폰에다 말했다.

"이 박사 건강은 어때? 임신 때문에 고생하지 않아? 산달이 언제랬지?"

진 회장이 둘째며느리 이정숙의 건강을 걱정해주었다.

"아직 3개월 정도 남았어요. 건강은 아주 좋아요."

"아직도 대학에 강의 나간다면서?"

"네."

"너무 무리하는 거 아니야? 이젠 집에서 좀 쉬지."

진 회장의 말에는 애틋한 부정(父情)이 뚝뚝 떨어지는 다정함이 배어 있었다.

"본인이 알아서 하겠지요 뭐."

진성호는 방금 전까지 아버지의 엄한 꾸중에 주눅이 들었다가 이제 겨우 풀려나는 것 같았다. 비서가 인삼차를 가지고 들어와 부자 앞에 한 잔씩 놓는 동안 그들의 대화는 잠시 중단되었다.

"나카무라 씨가 오전 중에 찾아뵈었으면 하고 전화가 왔는데요."

비서가 진 회장에게 원자재를 공급해주는 일본 기업의 한국 지점장인 나카무라의 부탁을 전했다.

"이번 주에는 시간이 없고, 내주 초에 다시 전화해보라고 해."

진 회장의 말을 듣고 비서는 물러났다.

"아버님, 원자재 공급선을 미국 쪽으로도 한번 알아보면 어떨까요?"

지난 6개월 동안 아버지에게 한번 제안해보려고 벼르던 참이라 진성호가 불쑥 말했다.

"그건 나한테 맡겨둬."

진 회장이 온화하게 말했다.

"비자금 관계도 이젠 좀 정리해야 될 것 같아요."

진 회장의 기분이 한결 좋아진 것 같아 진성호는 내친 김에 오랫동안 마음속에 품었던 얘기를 꺼냈다.

"아직은 좀 일러. 나도 생각은 하고 있어."

둘 사이에 잠시 침묵이 흘렀다.

"진 차장, 진 차장은 일본 사람들에 대해 어떻게 생각하나?"

아버지가 자기를 진 차장으로 호칭하며 갑작스레 던지는 질문에 진성호는 어리둥절했다.

"글쎄요, 일본 사람들은 너무 간사스럽지 않나요?"

잠시 시간을 두었다가 진성호가 말했다.

"왜 그렇게 생각해?"

"맥아더 장군에 대한 전기를 읽은 적이 있어요. 그 책에서 일본은 자기 민족의 정복자를 영웅으로 받든, 인류 역사상 초유의 민족이라고 했어요. 2차 세계대전 후 자기들의 정복자인 맥아더 장군을 일본 국민이 받들었잖아요."

"그건 어리석은 코쟁이들의 생각이야. 일본 사람들은 맥아더를 존경하는 체했던 것뿐이야. 살아남아 다시 전쟁을 계속하기 위해서."

"전쟁을 계속하다니요?"

진성호가 이해하지 못하겠다는 표정을 지었다.

진 회장이 인삼차로 목을 축이고 나서 둘째아들 진성호에게 설교조로 말하기 시작했다.

"일본 사람들은 미국과의 전쟁이 끝나지 않고 지금도 계속되고 있다고 생각해. 지금은 이기는 중이지. 미국 도로에 자기네가 만든 차가 다니고, 미국 가정에 자기네가 만든 텔레비전과 오디오 기기와 주방기구가 들어가고, 미국 사람들이 자기네들이 만든 카메라를 가지고 다니고, 미국 아이들이 자기네들이 만든 장난감을 가지고 놀면 그게 진짜 정복이라 생각하는 거지. 상대방을 빚쟁이로 만들어 꼼짝 못하게 묶어놓는 것, 이것이 바로 현대식 정복이야. 이러한 일본식 정복은 군인들이 쳐들어가 점령하는 것보다 훨씬 실속이 있지."

진 회장이 인삼차를 마셨다. 진성호도 따라 마시며 속으로 아버지가 무슨 이유로 일본에 대한 생각을 장황하게 늘어놓는지 의아해했다.

진성호가 한 말이라고는 원자재 공급선을 미국 쪽으로도 다변화해보면 어떻겠느냐는 것과 비자금 관계를 정리하는 게 어떻겠느냐는 것이었는데, 보통 때의 아버지답지 않게 객설이 너무나 장황했다.

진성호는 그 점이 이해가 되지 않았으나 '나가보라'는 말이 아버지 입에서 떨어지기를 잠자코 기다렸다.

"내가 이렇게 길게 얘기하는 이유를 알겠냐?"

진 회장이 그의 심중을 훤히 읽은 듯이 물었다.

"글쎄요……."

"일본의 정경유착이나 금권정치라는 말은 들어봤지?"

"네."

"사회주의 성향이 강한 나라나 지역적으로 공산권에 접한 나라에서는 금권정치를 안 하고 진정한 자유선거를 하면 노동자가 정권을 잡게 되어 있어. 그런데 노동자가 정권을 잡으면 공산화되는 건 시간문제야."

"왜 그렇지요?"

"자본가보다 노동자가 수가 월등히 많으니까."

"노동자라고 다 공산주의를 원할까요?"

"노동자는 노동자의 권익을 신장하는 정책을 내세우는 정당을 좋아하게 되어 있어. 따라서 그런 정당이 정권을 잡으면 사회가 불안정해지고 국가 산업은 내리막길을 걸어 결국 공산화하게 되어 있지."

"……."

아버지가 평소 정치관을 얘기한 적이 없었으므로 진성호는 어리둥절했다.

"그래서 일본에서는 경제·종교·언론·문화계의 보수세력이 자기보호 수단으로 금권정치를 묵인하게 된 거야.

돈의 힘으로 수의 힘과 대등하게 대적하도록 한 거지."

아버지가 자신의 눈을 응시하며 이해했는지의 여부를 따지는 것 같아 진성호가 입을 열었다.

"금권정치를 하려면 기업에서 돈이 나와야 하고, 기업에서 정치권에 돈을 대려면 비자금 조성이 필요하고, 비자금을 조성하려면 기업이 탈세를 해야 하고…… 기업이 언제까지 이래야 하지요?"

"적어도 공산주의자들의 적화 야욕이 없어질 때까지는 어떻게 할 수가 없어."

"지금은 공산주의가 몰락해가고 있잖아요?"

"몰락해가고 있지. 하지만 아직까지는 일러. 공산주의의 종주국인 소련이 손을 들면 그땐 금권정치가 필요 없게 되지. 노동자가 정권을 잡아도 적화하고는 상관이 없을 테니까 말이야."

"현재로서는 기업이 정치권에 불법으로 자금을 대야하고, 기업에서 빠져나간 자금을 메우기 위해 다른 이권을 얻어내야 하고…… 그런 식이군요."

"간단히 얘기하면 그런 거야. 그러나 기업이 항상 당하는 것만은 아니야. 정치권과 기업이 섬세한 균형을 이루고 있지. 오랜 동안의 시행착오 과정에서 나온 균형이야. 이 균형을 깨면 안 돼."

잠시 침묵을 지켰다가 진 회장이 다시 말문을 열었다.

"그러니 현재로선 회사의 비자금 조성은 필요악이야. 나도 그런 약점을 잡히고 살고 싶지 않아. 나도 굽실거리며 할 말 못하고 살고 싶진 않단 말이다. 하지만 너희 세대는 고개 들고 사회에서 존경받으며 사업을 할 수 있는 시대를 맞을 거야."

그제서야 진성호는 아버지의 장황한 이론 전개를 이해할 수 있었다. 요컨대 원자재 공급선을 이용한 회사의 비자금 조성책은 바꿀 생각을 말라는 것이었다.

"잘 알았어요, 아버지."

"그럼 나가봐."

진성호는 회장실을 나왔다. 차장실 쪽으로 발길을 옮기면서 진성호는 얼떨떨한 기분이었다. 세기의 명화라고 평가된 그림을 보고서도 도저히 이해가 가지 않을 때의 그런 기분이랄까?

차장실에 들어서자마자 진성호는 소파에 털썩 주저앉았다. 그러고 보니 모두가 범죄자였다. 사회 전체가 범

죄를 저지르지 않고는 살아남지 못하도록 만들어져 있는지도 모른다. 그렇다면 그렇게 걱정할 바가 아니잖은가? 그는 생각을 이어나갔다. 그렇다면 범죄를 저지르지 않는 사람이 칼자루를 쥐지 못하게 하든지, 칼자루를 쥐려면 범죄를 저지르지 않을 수 없게 하면 되는 것 아닌가? 통치자도 장사하는 사람과 마찬가지로 범법행위를 저지를 수밖에 없다는 생각이 들자 진성호는 한결 마음이 가벼워졌다.

그는 수화기를 들고 사내 교환번호를 눌렀다. 마음이 썩 내키지 않았으나 아버지가 지시한 사항을 수행하는 도리밖에 없었다.

"황무석 이사 바꿔줘요. 기획실 차장 전화라고 해요."

"지금 말씀 중이신데요."

여비서가 말했다.

"누구하고?"

"하청업체 사장님과 얘기 중이십니다."

"바꿔줘요."

진성호가 잘라 말했다.

"황 이사입니다."

잠시 후 황무석이 전화를 받았다.

"황 이사님, 진 차장입니다. 지금 좀 뵐 수 있을까요?"

"손님이 있어서⋯⋯."

"지금 잠깐만 뵈면 됩니다. 제가 그쪽으로 가도 되지만 국제전화를 기다리는 중이라⋯⋯."

"곧 가지요."

황무석이 마지못해 응하는 듯했다.

잠시 후 차장실에 들어서는 황무석의 표정은 여느 때의 웃는 얼굴과는 달리 몹시 굳어져 있었다.

"바쁘신데 오시라고 해서 죄송해요."

진성호의 밝은 표정이 황무석의 굳은 표정과 좋은 대조를 이루었다.

"여기 앉으십시오. 어떻게 요즘 골프는 잘 맞습니까?"

앉아 있던 상좌에서 일어나 옆에 있는 긴 소파에 앉으며 진성호는 앞의 소파를 가리켰다.

"뭘요. 이젠 나이가 들어서."

"무슨 말씀을. 30대 청년보다 더 활력이 넘쳐흐르는데요. 저도 한번 골프에 초대해주십시오. 우리 회사에서는 그래도 제가 황 이사님의 파트너가 되어드려야지요."

진성호의 너스레에 황무석의 굳은 표정이 많이 누그러졌다.

"이거 한번 보시지요."

진성호가 서류 종이를 황무석 앞으로 밀어놓으며 말했

다. 종이를 집어 훑어본 황무석의 표정이 굳어졌다.

"기획실에서 어떤 놈이 쓸데없는 짓을 한 모양입니다. 황 이사님을 모함하기 위한 짓이라고 야단을 쳤습니다. 물론…… 물론…… 사장님이나 회장님은 모르십니다."

황무석이 무어라고 말하려다가 그냥 입을 다물었다.

"그냥 찢어버리십시오. 저도 잊어버릴 테니 황 이사님도 잊어버리세요."

"사실은 여기 있는 목록 중에는 제가 명의만 빌려준 것이 많습니다."

황무석이 말했다. 진성호는 황무석의 눈을 응시하며 침묵했다. 좀더 자세한 설명을 요구하는 침묵이었다.

"벽제 땅은 진 사장님 소유인데 제 명의로 구입한 거고……."

"벽제 땅 전부가요?"

"아니요…… 후에 구입한 5만 평은 제가 유산 받은 재산을 팔아 산 거고요…… 다른 건……."

황무석이 어물대자 진성호가 얼른 말을 이었다.

"그냥 우리 둘만 아는 일로 하지요. 제가 회사에 있는 이상 조금도 걱정 마십시오. 회사 중역이 재산 많은 게 무슨 죄가 됩니까? 오히려 회사 일에 전념할 수 있으니까 더 좋은 일이지요."

"그렇게 이해해주시니 고맙습니다. 요즘 걸핏하면 오해를 사기 쉬워서요."

황무석이 안도의 빛을 띠었다.

"개의치 마십시오······. 특히 황 이사님께 부탁드리고 싶습니다. 앞으로 회사를 발전시키는 데 저를 도와주십시오."

"최선을 다하지요."

황무석은 진정으로 감사의 마음을 품은 듯했다.

"무슨 애로사항이라도 있으시면 저하고 의논해주세요. 힘닿는 데까지 최선을 다하겠습니다."

진성호가 자리에서 상체를 일으키며 손을 내밀었다.

"고맙습니다. 자주 찾아뵙지요."

진성호가 내민 손을 두 손으로 잡으며 황무석은 자리에서 일어났다. 문 쪽으로 가다 말고 황무석이 돌아섰다.

"혹시 이진범 사장이라고 들어보셨습니까?"

황무석이 물었다.

"금시초문인데요."

"죄송합니다만, 저희 하청업체 사장이었던 자로 차장님 누님과······ 관계가 있던 사람인데요."

황무석이 어물어물했다.

"그래서요?"

"그 일 때문에 누님과 진 사장님 사이가…… 소원해졌다는 소문이 들려 걱정이 돼……."

황무석이 조심스럽게 띄엄띄엄 말을 이어갔다.

"이리 앉으셔서 자세히 말씀 좀 해주세요."

황무석에게 건너편 소파를 가리키며 다시 앉기를 권했다. 황무석이 와서 소파에 앉았다.

"이진범이라는 자가 부도를 내고 미국으로 도망갔는데 가기 전에 누님과 깊은 관계를 맺고 있었던 것 같습니다……. 사장님이 노하셔서 청천물산의 견질수표를 돌려 부도가 났지요. 그래서 누님과 사장님의 사이가 아주 나빠졌습니다……. 잘은 몰라도 아마 형제분 사이에 이견이 있으면 누님께서는 단연 동생 편이 될 겁니다."

황무석이 진성호의 눈치를 조심스럽게 살피며 말을 마쳤다.

진성호는 무거운 침묵에 빠져 있었다.

"그럼 나가보겠습니다. 제가 도울 일이 있으면 언제라도 불러주십시오."

황무석이 자리에서 일어나며 말했다.

"황 이사님, 여러모로 고맙습니다."

황무석이 나간 후 혼자 남은 진성호는 착잡한 심정이었다. 어릴 적부터 자신을 친동생처럼 돌봐주었고, 자신

또한 친누이처럼 따랐던 미숙 누이가 유부남과 불륜관계를 맺고 있었다는 사실도 놀라웠고, 그 이유 때문에 성구 형과 미숙 누이 사이가 견원지간이 되었다니 더더욱 놀라운 일이었다.

순간 그는 소파에서 벌떡 일어났다. 황무석이 방을 나서기 전 마지막으로 한 말이 그의 귀에 울려퍼졌기 때문이었다. 혹시나 형제간에 이견이 생기면 미숙 누이가 성구 형보다 자기 편이 되리라는 말이었다. 분명히 무슨 중요한 의미를 내포하고 있음에 틀림없었다. 무엇일까?

진성호는 다시 소파에 털썩 주저앉았다. 정말로 미숙 누이가 자기 편이 되어준다면 이미 대하실업은 자신의 통제하에 있는 바와 다름이 없었다. 아버지가 형제간의 다툼에 중립만 지켜준다면? 최소한 중립은 지켜주리라는 확신이 섰다. 그는 흥분을 가라앉힐 수 없어 안절부절못했다.

진성호는 전화기를 잡고 버튼을 눌렀다.

"어머니세요?"

'여보세요' 하는 말이 들리자 그가 말했다.

"그래, 무슨 일이냐?"

"미숙 누이가 지금 서울에 있지요?"

"아니야. 어제 저녁 미국으로 공연 떠났어. 성호야, 너

는 몰랐니? 내가 정신이 없어 너한테 알려주지도 못했구
나. 왜, 미숙이한테 무슨 전할 말이라도 있니?"

"별일 아니에요. 그냥 궁금해서요. 언제 귀국한대요?"

"한 달 정도 걸린다지, 아마."

"어머니께서 미숙 누이 여행 스케줄과 묵고 있는 호텔
전화번호 좀 알아주세요. 누이 집에 전화하면 도우미 아
줌마가 알고 있을 거예요. 미국에 갈 일이 있으면 만나
보려고요."

"오냐. 그렇게 하마. 미국에 가면 꼭 누나를 만나봐라."

"네, 그렇게 할게요."

진성호는 전화를 끊고도 여전히 흥분을 가라앉히지 못
했다. 그러나 전화를 걸기 전의 가슴 벅찬 흥분은 잦아
들고 차분한 흥분감에 휩싸였다. 연민이 가미된 흥분이
랄까, 서글픔이 혼합된 흥분이랄까? 미숙 누이를 향한
연민의 정과 자신의 결혼생활의 서글픔이 한데 어울려
그를 짓눌러왔다.

지난번 미숙 누이의 첫 번째 연출 작품을 보러 갔을

때의 기억이 새삼 새롭게 떠올랐다. 연극 공연이 끝나고 무대 뒤로 갔을 때 그는 미숙 누이의 환한 웃음에서 순박함을 보았다. 그것은 아내가 쉽게 짓는 '플라스틱'으로 찍어놓은 것 같은 미소와는 전혀 달랐다.

그것뿐만이 아니었다. 진성호는 생각했다. 연극의 내용도 무척 마음에 들었다. 특히 박정희가 숨을 거두기 전 정치꾼들에게 던진 경고는 지금까지도 그의 머릿속에서 떠나지 않을 정도로 강한 인상을 남겼다. 그런 작품을 무대에 올린 미숙 누이의 창의력이 경이스럽기까지 했다.

진성호는 자리에서 벌떡 일어나 책장으로 가 지난번 공연 때 미숙 누이에게 받았던 대본을 꺼냈다. 그는 선채로 특히 인상 깊었던 부분을 펼쳤다. 박정희가 그의 심복인 중앙정보부장이 쏜 두 번째 총탄을 머리에 맞고 숨을 거두기 전 마음속으로 울부짖는 독백 부분이었다.

진성호는 창가에 서서 왼손에 대본을 들고 오른손을 치켜올린 후, '나는 해내었다'라는 말을, 낮은 목소리지만 힘차게 입 밖으로 내뱉었다.

진성호는 창가를 왔다 갔다 하며, 관객을 앞에 두고 무대 위에서 연기하는 배우가 된 것처럼 몸짓·손짓을 섞어가면서 대본을 읽어나갔다.

나는 이 모든 것을 해냈다. 모든 사람들이 불가능하다는 것을 내 힘으로 해냈다. 대가리가 텅 빈 시정의 잡개들이 허망한 '자유'라는 허연 거품을 헐떡거리는 혓바닥으로 흘려내며 짖어댔다. 그래도 나는 조금도 굽힘 없이 이루어놓지 않았더냐…….

자유? 너희들이 짖어대는 자유란 도대체 무슨 자유란 말이냐? 비굴해질 수 있는 자유? 업신여김을 받을 수 있는 자유? 방종할 수 있는 자유? 배고플 수 있는 자유?…… 배고픔이 무엇인지 너희들은 모른다. 뱃속의 아이에게 배고픔을 주지 않기 위해 방앗공이 밑에 배를 들이밀어 뱃속의 나를 지우려 했던, 내 어머니를 너희가 어떻게 알겠느냐? 그런 어머니의 심정이 가난이다.

정치꾼들아! 이것을 내 마지막 경고로 엄숙히 받아다오. 그대들끼리 물고 물어뜯기는 노름판이야 내가 뭐라고 않겠다. 하지만 그 판에 순진한 사람을 끌어들여 타락시키지는 말아다오. 그 약속만 지킨다면 내가 눈감아주겠다. 그러나 제발 민족의 장래와 민족의 고통을 판돈으로 걸지는 말아라. 그대들의 입에서 어떤 미사여구가 청산유수처럼 흘러나와도, 그대들의 몸가짐이 어떤 기막힌 연기를 해나가더라도 그대들 가슴속에 숨겨져 있는 음흉한 심보는 언젠가 드러날 것이다.

'삐' 인터폰이 울렸다.

"사모님 전화신데요."

비서의 말이 들려왔다. 그는 전화기가 있는 곳으로 다가가 수화기를 들었다.

"전데요. 오늘 지녁에 우리 과 학생들 졸업 의상 발표회가 있는데 참석해야지요?"

"혼자 가. 나는 그럴 시간 없어."

"왜 화를 내세요?"

"화를 내는 게 아니야. 내 목소리가 원래 그렇잖아."

"언제부터요?"

진성호는 대답도 하지 않고 전화를 끊었다. 그는 창가로 다시 가 대본을 읽어내려갔다.

정치꾼들아! 오직 배고픔 때문에 외국인들 앞에서 수치심도 잊어버리고 옷을 훨훨 벗어던지던 민족의 어린 딸들을 기억해보았느냐? 멀쑥한 양키들 앞에서 과자부스러기를 달라고 손을 내밀어야 했던 민족의 아들들을 한 번이라도, 단 한 번이라도 생각해보았느냐? 역사는 변덕스러운 것, 역사가 또다시 미쳐버려 그대들을 벌하지 않는다면, 서글픈 부모가 짓는 한숨이 대지를 뒤집는 회오리바람이 되어 그대들 정치꾼들의 더러운 육체를 세

상 밖으로 던져버릴 것이다.

대본을 읽고 난 진성호는, 미숙 누이가 그렇게 열심히 찾는데도 원작자가 나타나지 않는 이유를 알 수 없었다. 미숙 누이의 눈앞에 나타나지 못하는 자! 그러면 혹시 원작자가 황 이사가 얘기한, 미국으로 도피했다는 이진범인가 뭔가 하는 자가 아닐까? 이런 생각이 퍼뜩 그의 뇌리를 스치고 지나갔다. 그자가 미숙 누이에게 자살을 기도할 만큼 상처를 입히고도 또다시 꼬드기려고 수를 쓰고 있는 것은 아닌가? 개새끼. 나한테 걸리면 뼈도 못 추릴 게다. 진성호는 들고 있던 대본을 바닥에 내팽개쳤다.

다음 순간 진성호는 원작자일지도 모르는 이진범이라는 자의 심리에 호기심이 갔다. 그는 바닥에서 대본을 집어들어 다시 한 부분을 읽기 시작했다.

아! 영수처럼 불쌍한 여자가 이 세상에 또 있을까? 영수! 나는 사랑이란 것이 무엇을 뜻하는지 몰랐소. 당신이 내 곁을 떠날 때까지는 말이오. 나에게 있어 사랑은 외로움이요, 사랑은 미안함이요, 그리고 사랑은 어처구니없게도 헤어짐이었소. 영원한 헤어짐, 이승에서는 다시 만날 수 없는 헤어짐, 그러한 헤어짐이 영수를 향한 나의 사랑을 일깨워주었소.

김일성이 쏜 총탄이 나를 피하고 당신의 머리를 꿰뚫었을 때 내가 무슨 생각을 했는지 아시오? 막은 올라갔고 관중이 있으니 연기는 계속되어야 한다는 생각뿐이었소. 나는 하던 연기를 계속해서 경축사를 읽어내려가면서 머릿속으로는 수술을 받고 있을 당신의 생각보다 관중 앞에서, 텔레비전 카메라 앞에서, 시정의 잡개 앞에서, 미친개 옆에서…… 내가 어떻게 행동해야 할지를 궁리하고 있었소. 그 순간에도 나의 다음 연기를 생각하는 훈련된 배우가 되어 있었소. 당신도 알다시피 나폴레옹은 어느 장소에서, 어느 군중 앞에서, 어떤 말을 하고 어떻게 행동해야 하는지를 아는 훌륭한 배우였소. 그가 전 유럽을 무대로 삼았다면 나는 비록 한반도 반쪽이 무대였지만, 나도 그처럼 행동하려 했소. 사람들은 태어날 때부터 '영웅 존경심리'를 갖고 있소. 그래서 섬길 영웅을 죽을 때까지 찾는 법이오. 그들의 영웅이 되기 위해, 그들의 '영웅 존경심리'를 만족시키기 위해 지도자는 연기를 해야 되는 거요.

나는 경축사를 다 읽고 당신이 조금 전 앉았던 소파 옆에 흩어져 있는 흰 고무신 한 짝과 핸드백을 주워들고 의연한 표정을 지으며 식장을 빠져나왔소.

승용차에 올라탔을 때 당신이 앉았던 텅 빈 자리가 눈에 띄었소. 식장에 올 때까지 당신이 앉았던 그 자리가 내 가슴을 텅 비게 만들어서 눈을 감았소. 그리고 내 손에 들려진 당신의 흰 고무신 한 짝을 가슴에 꼭 껴안고 눈물을 흘렸소. 그것도 고개를 꼿꼿이 세운 채 말이오. 왜 내가 눈물을 흘렸는지 아시오? 당신이 생사의 기로에 서 있음을 알고도 연기를 해야 하는 내 신세가…… 너무나 한탄스러워서……. 정말 한탄스러웠소.

"각하, 괜찮으십니까?"
여가수가 묻는다.
"나는 괜찮아."
눈을 감은 채 나직한 목소리로 대통령이 말한다.
"진짜 괜찮으십니까?"
경호실장이 화장실 문을 빠끔히 열어 고개만 내놓고 떨리는 목소리로 말한다. 대통령은 젊은 여인의 품에 안긴 채 멀지 않은 지나간 과거, 아내와 이별한 후 지금까지의 과거를 회상한다.

나를 감싸안은 젊은 여인의 향긋한 체취가 내 후각을 자극한다. 젊은 여인의 나신이 눈앞에 다가온다. 반듯이 누워 두 다리를 공중에 들고 있는 젊은 여인의 나신……조그마한 발, 공중에 들려 있는 연약한 다리, 그 다리를 버티게 하는 강인한 골반, 으스러질 것같이 가느다란 허리와 풍성한 가슴이 보인다.

그리고 그 중간에 있는 젊은 여인의 은밀한 곳, 왕관을 팽개치게 만들고, 피비린내나는 전쟁을 일으키게 하고, 천하의 성인을 천하의 악인으로 만들고, 일개 필부를 영웅으로 변화시키는 바로 그 은밀한 곳…… 악인과 선인, 범부와 영웅, 미녀와 추녀를 마음대로 만들어내는 곳…… 세상의 모든 변덕스러움이 도사리고 있는 곳…… 나 역시 그곳에 내 몸의 일부분을 맡기고, 뼈저린 외로움을 달래려고 안간힘을 써야 했다.

꼭 감은 여자의 두 눈 가장자리에 희열의 감정이 흐르고, 꼭 다문 여자의 입에서 흘러나오는 탄성이 내 귓전을 스쳐간다.

비록 순간의 착각이었다 해도, 그것은 나이와는 상관없는 외로운 남자의 휴식처였다. 그 무엇으로도 대체할 수 없는 위로였다. 혼자가 된, 나이 들어가는 남자의 변명일 수도 있지만, 나는 피할 수가 없었다. 반려자를 잃고 외로움에 방황하는 나의 피난처요 나의 안식처였으니

그 순간만은 모든 번뇌에서 해방될 수 있었다.

이진범이라는 자가 미숙 누이가 자살을 기도한 이유가
자기 때문인 줄 알고 참회의 표시로 희곡을 쓴 것인가?
진성호는 대본을 접고 창밖에 시선을 보냈다. 그곳 어딘
가에 미숙 누이의 슬픈 표정이 아른거렸다.

3. 성공의 길 : 이진범

- 성공에 대한 만족감과 복수의 기회.
- 한 남자는 한 여자를 완벽하게 만족시킬 수 없다. 육체적인 경우 특히 그러하다.
- 권력과 부는 견제세력이 꼭 필요하다. 그것이 없는 권력과 부는 오래가지 못한다.

백인홍 사장은 도심지 고층건물의 25층 창가에 서서 아래를 내려다보았다. 서울이라 불리는 용광로가 밑에서 들끓고 있었다. 서울은, 그의 눈에 비친 토요일 오후의 서울은 바로 1년 전 세계인의 축제인 올림픽을 질서정연함 속에 치렀던 도시라고는 도저히 믿어지지 않았다. 그의 사무실은 서울 거리를 뒤덮고 있는 최루탄의 매큼한 매연이 다가오기에는 너무나 완벽하게 방음 방취가 되어 있는 고층건물의 25층에 자리를 잡고 있다. 그럼에도 그의 귀에는 무턱대고 날뛰는 젊은이들의 아우성 소리가 들렸으며, 코에서는 매큼한 최루탄 냄새가 맡아지는 듯

71

했다.

잠시 생각에 잠겨 있던 그는 한숨을 내쉬었다. 제기랄, 빨갱이놈들이 학생들을 시켜 개판을 치고 있는데 총칼 가진 놈들은 도대체 뭐하고 있는 거야. 빌어먹을! 내가 이따위 일로 골치를 썩고 있으니⋯⋯. 백인홍은 속으로 투덜거리며 창가에서 떨어졌다.

그는 사무실 중앙에 있는 큼지막한 소파 세트의 상좌에 털썩 몸을 던졌다. 그는 널찍한 실내를 둘러보았다. 백운직물이 아직 대기업이랄 수는 없지만 사장 사무실만은 어느 대기업 사장실 못지않으리라는 생각에 가슴이 뿌듯해왔다.

서울이 1년 사이에 질서와 화합의 도시에서 무질서와 신음의 도시로 변화했듯이, 그사이에 자신도 상상할 수 없을 정도로 놀라운 변화를 겪었다는 느낌이 들었다. 어쩌면, 서울이 1년 동안 아무리 많은 변화를 겪었다 하더라도 그사이 자신이 변한 만큼은 변하지 않았을 것이라고 그는 생각했다.

그러나 변화의 방향은 정반대였다. 1년이 지난 지금, 서울이 무정부주의자의 손아귀에 들어가 숨을 헐떡대고 있다면 자신은 정상을 향해 뛰어가며 환희의 미소를 머금고 있다고 할 수 있었다.

노크 소리가 들려왔다. 네, 하는 소리에 문이 열렸다. 청천물산 중역으로 있다가 1년 반 전부터 백운직물의 수입의류 국내 영업을 책임지고 있는 최 이사가 장부를 끼고 들어섰다.

"지난 1년 반 동안의 수입 여성의류의 손익계산이 완료되었습니다."

최 이사가 백인홍 옆 소파에 앉으며 말했다.

"어디 한번 봅시다."

백인홍이 장부를 받아 훑어보기 시작했다.

"수입의류 판매이익이 이렇게나 된단 말이오?"

백인홍이 보던 장부를 덮어 앞에 앉은 최 이사에게 건네주며 놀란 목소리로 말했다.

"사실 그대로입니다. 수입가의 여덟 배가 판매가격이고, 순이익은 판매가의 65퍼센트, 즉 수입가의 다섯 배정도가 됩니다."

최 이사가 장부를 받으며 말했다.

백인홍은 잠시 생각에 잠겼다. 1년 반 전에 시작한 외제 여성의류 수입·판매업이 엄청난 이익을 가져온다는 것은 알았으나 이 정도일 줄은 상상도 못했었다. 이러한 사실이 외부에 알려지면 국세청으로부터 당장 벼락이 떨어지리라는 것이 너무도 뻔했다.

"당장 찢어버리시오. 그 장부 당장 찢어버려요."

백인홍이 강경한 어조로 말했다. 백인홍의 강력한 태도에 최 이사가 장부를 손에 든 채 어리둥절해 있었다.

"이리 줘요."

백인홍이 최 이사의 손에 들린 장부를 낚아챘다. 그는 장부를 갈기갈기 찢기 시작했다. 찢다 말고 백인홍은 소파에서 벌떡 일어나 창가로 갔다. 창문을 열자 건물의 25층 벽에 부딪히는 강한 바람이 그의 사무실로 들이닥쳤다. 백인홍은 아무 말도 하지 않고 갈가리 찢긴 장부 조각을 창밖으로 날리기 시작했다.

"이 장부말고 따로 기록한 데는 없지요?"

백인홍이 등을 보인 채 최 이사에게 물었다.

"전혀 없습니다."

"확실하지요?"

"확실합니다."

"이 내막을 아는 사람은 또 없지요?"

"저밖에 없습니다. 제품 수입가를 철저히 비밀에 부쳐왔으니까요."

최 이사는 백인홍의 물음에 답하면서 얼굴에 만족한 미소를 띠고 있었다. 역시 백인홍 사장은 자신이 전에 모셨던 이진범 사장과는 다른 데가 있다고 그는 생각했다. 이 정도의 폭리라면 일단 장부를 없애버리고, 혹시 국세청에 걸렸을 경우 돈으로 해결하는 편이 유리하다는 것이 백인홍의 속셈이라는 것을 그는 알아차렸다.

"혹시나 해서 말씀드리는 건데 앞으로는 외제 의류 수입회사를 백운직물이 아닌 다른 회사로 하면 어떨까요?"

최 이사가 걱정스러운 표정으로 말했다.

"믿을 만한 회사가 있습니까?"

백인홍이 창문 옆에 서서 뒤돌아보며 말했다.

"청천물산으로 하면 어떨까요? 앞으로 외화 도피 관계로 문제가 생기더라도 백운직물은 다치지 않을 뿐 아니라 청천물산은 껍데기뿐이니……."

"아직은 주식이 이진범 사장 이름으로 되어 있지요?"

"네. 이 기회에 이 사장님의 주식을 인수해버리시는 게 어떨까요? 이 사장님도 지난번 증거물 탈취로 공소시효가 7년이라 당분간 못 돌아오실 겁니다. 앞으로 가족이 미국으로 들어가게 되면 돈도 필요할 거고요. 외화 국내 반입도 문제니 외화로 주식을 인수하시지요."

"그거 좋은 생각인데요."

백인홍은 동의하는 시늉을 했다.

"인수가는 얼마가 좋을까요?"

백인홍이 다시 물었다.

"불입 자본금이 2억 원이니, 2억 원이면 이 사장님도
좋아하실 겁니다."

"그렇게 해보지요."

"그럼 나가보겠습니다."

최 이사가 백인홍에게 만족해하는 미소를 지어 보이며
문을 열고 나갔다.

혼자가 된 백인홍은 다시 장부를 찢어 창밖으로 날리
기를 계속했다. 그는 고층건물의 창문으로부터 바람에
흩어지면서 서서히 떨어지는 종잇조각에 시선을 보냈다.
종잇조각이 떨어지는 곳에 사는 여인들의 모습이 그의
머릿속에 그려졌다. 밤낮 가리지 않고 치맛바람을 펄럭
이며 싸돌아다니고, 사우나탕에서 비지땀을 흘리고, 화
투장을 내려치고, 골프장에서 내리쬐는 햇볕을 요리조리
피하고, 대낮부터 고급 일식집에서 몇 만 원짜리 생선회
를 먹고, 나이를 거꾸로 돌려보자고 바둥바둥대고 있을
여인네들…….

그들뿐만이 아니다. 백인홍은 찢어진 장부 조각이 떨
어지는 곳을 보며 상상을 계속했다. 고급 호텔 뷔페식당
안에 둘러앉아 험담인 체하며 남편 자랑을 늘어놓고, 텔
레비전 연속극 내용을 놓고 심각한 논쟁을 벌이고, 음담
패설을 호호호호, 하하하하 웃어젖히면서 지껄여대고,

자식새끼 건강은 어떻게 되든 돈으로 떡을 쳐서라도 좋은 대학에 들여보내겠다고 바득바득 악을 쓰고 있을 수많은 여인네들을 상상했다.

골빈 년들! 그렇게 중얼거리면서도 백인홍은 마음속으로 골빈 여자들에게 고마움을 느꼈다. 물론 황무석을 협박해 끌어내는 대하실업의 하청 업무가 근간은 되었지만, 그런 여자들의 주머니에서 나오는 헤픈 돈이 없었다면 결코 지금의 백운직물이 존재할 수 없다는 것을 알고 있기 때문이었다.

그들의 돈이 어디서 흘러들어왔는지는 자신이 상관할 바가 아니라는 것이 그의 소신이었다. 그런 돈은 보나마나 구린내 나는 돈……. 회사 돈을 슬쩍한 돈, 뇌물로 받은 돈, 도심지 개발로 얻은 불로소득, 막대한 금융재산이 가져다준 과다한 이자소득 등등……일 것이고, 그런 돈은 애초부터 그들 수중에 있을 돈이 아니니 엉뚱한 곳으로 흘러들어가느니보다 자기의 수중에 오는 것이 백번 낫다고 믿는 터였다.

허, 참! 20만 원에도 안 팔리던 외제 여름철 드레스에 80만 원짜리 딱지를 붙여놓으니까 날개 돋친 듯이 팔려나가니, 세상이 완전히 미쳐버렸는지 아니면 내가 지금 꿈속에서 살고 있는 건지……. 백인홍은 떨어지는 종잇

조각에 시선을 보내며 생각을 계속했다. 거기다가 수입 가격의 세 배 이상의 정가를 매길 수 없다는 엉터리 행정지도 때문에 부득이 구입가를 높이느라 외국에 돈을 떨어뜨려야 했고, 또 떨어뜨린 돈을 국내에 가지고 오려고 별의별 짓을 다하고……. 아무리 머리를 짜내보아도 꿈속에 사는 것이 아니라면 세상이 미쳐도 단단히 미친 것 같았다.

20만 원이면 안 사고 80만 원이면 사는 여자들, 구입가를 높이려고 애써야 하는 수입업자들, 엉터리 행정지도를 만들어놓고 어떤 일이 벌어지는지 뻔히 알면서 모른 체하는 관리들, 세상에 이런 소비자들도 있나 하고 어리둥절해 있는 외국 제조업자들, 부득이 외화를 외국에 떨어뜨려야 하는 국내 수입업자들……. 뭐가 뭔지 모르겠으나 백인홍은 이 기회에 한몫 단단히 잡아야겠다는 각오를 했다.

큰놈들도 이따위 식으로 한몫 잡았을 게 뻔한데 나라고 그러지 말라는 법이 있나. 미친년들! 미친년들 덕으로 회사 재정이 탄탄해졌으니 욕할 필요가 있나. 그래도…… 미친년들. 백인홍은 열린 창문을 '꽝' 하고 닫았다.

"미스 김, 권혁배 의원 사무실에 전화해 투숙 중인 미국 호텔 전화번호 좀 알아봐."

백인홍은 인터폰을 통해 비서에게 말했다.

"네, 사장님."

"지금이 미국 시간으로 몇 시인지도 알아보고."

"네, 사장님."

김명희의 상냥스러운 목소리가 들려왔다. 항상 그러했듯이 그녀의 목소리는 그의 내부에 어떤 짜릿한 상상력을 불러일으켰다. 어쩌면 그녀의 건강한 각선미가 그에게 지칠 줄 모르는 젊음의 힘을 불어넣어주고 있는지도 모른다는 생각이 들었다. 백인홍은 목을 뒤로 젖히고 눈을 감았다.

언제였더라? 김명희의 근사한 다리를 처음 본 것이⋯⋯. 1년 6개월 전인 1988년 봄, 세계인의 축제를 연다고 서울 시민의 가슴이 자부심으로 뿌듯해 있던 어느 날, 유곽 주인이었던 아버지의 과거와 고등학교 시절 강간죄로 피소당했던 자신의 과거가 되살아나 그의 앞에 모습을 나타낸 그날, 자신이 쓰고 있던 위선의 탈을 벗어버리고 자기 앞에서 꿈틀거리는 과거 속으로 주저함

없이 기꺼이 뛰어들어간 그날, 그는 엘리베이터걸이었던 김명희의 각선미를 A은행의 귀빈용 엘리베이터 안에서 처음으로 대했다.

마치 그녀의 각선미가 자신이 걸어갈 미래를 가리키는 신호라도 되듯이, 엘리베이터 안에서 그녀는 다리를 그에게 들어 보였다. 그리고 그녀는 말했다. '하이힐을 신어서 키가 커 보여요.' 그 순간부터 항해는 순조로워진 것 같았다. 마치 순풍에 돛을 단 배처럼.

'삐' 하고 인터폰이 울리는 소리에 백인홍은 회상에서 깨어났다.

"사장님, 권 의원님이 지금 LA에 계신다는데요. LA 시간으로 밤 11시예요. 권혁배 의원님께 전화드릴까요?"

"전화해줘."

"그리고 사장님, 변 이사님이 사장님 뵈러 오셨는데요."

"권 의원하고 통화 끝난 후 변 이사 들여보내."

"네, 사장님."

백인홍은 인터폰의 버튼을 놓으면서 미소를 지었다. 무슨 이유 때문인지는 모르나 변희성 이사를 생각하면 웃음이 새어나왔다. 1년 전까지 잠실 쪽 석촌호수 근처의 포장마차에서 마누라 구박을 받으며 화로 앞에 앉아 곰장어를 굽던 그의 모습이 떠올라서가 아니었다. 1년 반 전 어느 날 저녁 포장마차 안에서 왕년의 씨름꾼 출신답게 황무석의 똘마니들을 메다꽂은 생각이 떠올라서도 아니었다. 반년 전부터 5백여 명의 직공을 거느리고 있는 백운직물의 노무 담당 이사직을 맡으면서 거들먹거리는 그의 모습 때문은 더더구나 아니었다.

백인홍이 변희성을 생각할 때마다 미소 짓게 되는 이유를 구태여 찾는다면, 그것은 변희성의 모습에서 자신의 완벽한 창조물을 본다는 만족감 때문일지 몰랐다. 그런 의미에서 엘리베이터걸에서 오피스걸로 변신한 김명희도 다를 바가 없었다.

그러나 둘 사이에는 뚜렷이 다른 점이 있었다. 변희성이 순진한 촌부에서 탈바꿈해 그의 말이면 목숨을 던져 따르는 로봇으로 새로이 태어났다면, 김명희는 겉멋만 든 어수룩한 여자에서 세련된 여자로 바뀐 것이었다.

그런 의미에서 두 사람 모두가 그의 순수 창조물이라 할 수 있었다. 그래서 그는 적어도 두 사람에게만큼은 배신을 당하지 않으리라는 확신을 가지고 있었고, 그런 확신은 물고 물어뜯기는 험악한 세상에서 살아야 하는 그에게 큰 위안이 되는 터였다.

'삐' 하는 인터폰 소리가 들려왔다.

"사장님, 권 의원님 나오셨는데요."

백인홍은 수화기를 들었다.

"권 의원, 혹시 깨우지나 않았는지 모르겠어."

"아니야. 푹 자려고 술을 마셨는데도 밤낮이 바뀌어서 그런지 아직 못 잤어."

권혁배의 목소리가 들려왔다.

"다름이 아니라, 이진범 사장 만날 계획이 있어?"

"아니, 아직은……."

"뉴욕으로 갈 때 좀 만나줘. 이 사장이 워싱턴에 있으니까, 그리로 오라고 하면 돼."

"그러지 뭐. 무슨 얘기를 전할까?"

"이진범 사장이 소유하고 있는 청천물산의 주식을 인수하겠다고 얘기해줘."

백인홍이 말했다.

"그게 다야?"

"그래, 자세한 내용은 호텔 팩스로 보내놓을게. 그럼 출장 중 술하고 여자 조심하고……."

"알았어, 걱정 마. 마누라보다 더 성가시게 구네."

백인홍은 허튼 농담 끝에 이진범의 전화번호를 알려준 뒤 전화를 끊었다.

'마누라보다 더 성가시게 구네'라는 권혁배의 말이 생

각나자 그는 쿡쿡 하고 터지려는 웃음을 참았다. 그러고 보니 지난 1년 반 동안 권혁배와 부부간처럼 가까이 지 낸 것 같았다.

지금 돌이켜보면 권혁배와 친한 친구 이상으로 가까 워지신 것은 정말로 우연이라는 생각이 들었다. 1년 반 전 어느 날, 이진범의 부탁으로 그의 편지를 전해주기 위해 이진범과 고등학교 동창인 권혁배를 만난 날, 호젓한 술 집에서 서로의 학창 시절 꺼덕거리던 친구들을 입에 오 르내리다 보니 자연스럽게 의기투합, 그날 저녁부터 권 혁배와 자연스럽게 너 나 하는 사이로 발전했다.

그러나 좀더 깊숙이 생각해보면 자신이 권혁배와 가까 워진 것이 꼭 우연이라고만 할 수 없는 것 같았다. 세상 에서 자신을 가장 닮은 서른아홉 살 동갑내기 사나이를 찾으라면 아마 권혁배 의원일 거라는 느낌 때문이었다.

자신과 권혁배는 똑같이 무자비하게 추구하는 것이 있 었다. 권혁배는 권력, 자신은 재력. 깊이 생각해보면, 그 두 가지는 해와 달의 관계처럼 전혀 별개의 것 같으면서 도 한 가지가 없으면 다른 한 가지는 존재할 의미를 잃 는 것 같았다.

둘 사이를 바늘과 실의 관계라고 하면 어떨까? 백인 홍은 질문을 던졌다. 실이 바늘구멍에 꿰여 낡은 옷을 새옷처럼 만들듯이, 권력과 재력이 합쳐지면 기적을 낳을 수도 있지 않을까? 어떤 기적이 일어날까? 늙은이를 젊게 하고, 구두쇠를 자선가로 만들며, 바보를 수재로 보이게 하고, 어두운 과거를 장밋빛 미래로 바뀌게도 하고, 그리고 찡그린 죽상에 환한 미소가 떠오르게 하고……. 권력과 재력이 합쳐지면 참으로 무서운 힘을 발휘한다는 생각을 하며 그는 미소 지었다.

자신은 권혁배에게 자금을 대주고(야당 초선의원인 데다 운동권 출신이니 그렇게 많은 돈이 필요하지도 않지만), 권혁배는 마당발을 이용해 자신에게 필요한 사람을 이리저리 엮어주는 역할을 해주고……. 누가 보아도 멋진 결합이라 할 수 있었다. 더구나 황금알을 낳는 거위 역할을 톡톡히 하는 외제 여성의류 수입·판매 사업에 언제 불똥이 튀겨올지 모르는 판에, 권혁배의 마당발은 백인홍에게 큰 위안이 되고 있는 터였다.

그렇다고 백인홍이 권혁배를 절대적으로 믿는 바보는 결코 아니었다. 그는 자신의 창조물인 변희성·김명희와 가족을 제외하고는 어느 누구도 신임하지 않았으며, 그자신 역시 누구의 신임도 기대하지 않았다. 어차피 사람의 마음이란 계절에 따라 변하는 나뭇잎 색처럼 변하게되어 있는 것이 진실이라면, 구태여 누군가를 믿어 조마

조마해할 필요가 있는가? 그것이 백인홍이 터득한 인생관이었다.

그럼에도 불구하고 백인홍은 누구보다 권혁배와 함께 술 취하기를 좋아했고, 그와 자주 보신탕집에 갔으며, 그와 함께 담배연기 자욱한 방에서 포커꾼들과 어울리기를 좋아했다. 어쩌면 권혁배는 자신에게 권력의 향유 외에 젊음을 가져다주고 있는지도 모른다고, 백인홍은 고개를 갸우뚱해보기도 했다.

"이진범 사장님 사모님 전화예요."

김명희의 목소리가 인터폰을 통해 들려왔다. 백인홍은 추석이 며칠 남지 않아 어제 저녁 보낸 돈에 대한 감사의 전화라는 것을 짐작하고 수화기를 들었다.

"진희 어머니세요? 아이들 잘 있지요?"

"네, 백 사장님. 다 잘 있어요. 너무 폐를 끼쳐서 어떻게 해야 할지…… 그렇게 안 하셔도 되는데……."

"새로 이사한 아파트는 어때요?"

6개월 전 백인홍의 도움으로 이사 간 전세 아파트를

의미했다.

"아주 좋아요. 아이들도 너무 좋아하고……."

이진범의 부인은 말끝을 맺지 못했다.

"권혁배 의원이 뉴욕에서 이 사장을 만날 겁니다."

"많은 분들한테 너무 폐를 끼쳐서……."

"아닙니다. 너무 걱정 마십시오. 주위에서 여러 사람들이 노력하는 중이니까 불원간에 이 사장 문제는 해결이 될 겁니다."

"어떻게 감사드려야 할지……."

"권혁배 의원이 미국 여행 중에 이 사장을 만나면 좋은 소식이 있을지도 모르겠습니다. 그럼 안녕히 계십시오."

백인홍은 조용히 수화기를 내려놓았다. 그러고는 잠시 생각에 잠겼다. 솔직히 말해 미국 주재원으로 여겨 월급은 꼬박꼬박 주었지만 이진범이 회사에 공헌한 일은 이렇다 할 만한 게 없었다. 기껏 그가 회사를 위해 한 일이라곤 중간에서 메신저 보이 역할을 한 정도일까? 자신의 힘으로 어떤 영향력 있는 바이어를 물고 온다든지, 회사에 결정적으로 도움이 될 만한 정보를 제공해준 일도 없었다.

백인홍은 근래 들어 이진범이 근본적으로 사업에 소질이 없는 사람이라고 판단을 내릴 수밖에 없었다. 경쟁

사회에서 조직을 이끌어가려면 남보다 특별히 부지런하든지, 두뇌가 유달리 뛰어나든지, 포기할 줄 모르는 악바리 근성이 있어야 하는데 이진범의 경우 어느 것 하나 제대로 갖추지 못한 것 같았다.

1년 반 전 진미숙과 밀애를 나눈다는 사실을 알았을 때 이진범의 사업 능력을 판단했어야 했다. 남자를 필요로 하는 이혼녀라면 그냥 잠시 가볍게 데리고 놀면 될 것이지, 사십이 다 된 나이에 사랑놀음을 한 것 자체가 못마땅했다.

마누라가 악악거려 화가 난 김에 삐딱하게 나간 거라면 그래도 이해할 수는 있었다. 착하디착한 마누라가 두 눈 버젓이 뜨고 살아 있는데, 허참, 그 나이에 사랑놀음이라니……. 백인홍은 입맛을 쩝쩝 다셨다.

백인홍은 인터폰 버튼을 누르고, 변 이사를 들어오라고 했다.

백인홍의 말이 떨어지기가 무섭게 변희성의 우람한 체구가 불쑥 나타났다.

"사장님, 이거 우예야 좋을지 모르겠심더. 패 죽일 수도 없고……."

여느 때와 달리 변희성은 몹시 흥분해 있었다.

"변 이사, 무슨 일입니까?"

"대하실업에서 또 품질 불합격을 놓았심더."

"품질이 어때서? 정말로 문제가 있었던 게 아니고?"

"아입니더. 지가 대하실업에 직접 가서 다른 하청업
체의 합격 상품과 비교해보았심더. 조금도 문제가 없심
더."

"왜 그런 짓을 하는 것 같아요?"

답을 뻔히 알면서도 백인홍이 물어보았다.

"지도 잘 모르겠심더. 주위 사람들 얘기로는 황무석
이사 그눔아가 돈 먹을라고 하는 짓인 것 같답니더."

"그래요?"

백인홍은 잠시 생각에 잠겼다. 1년 반 전 살롱 귀빈에
서 황무석의 입에서 흘러나온 오물을 자신의 입으로 처
넣은 장면과 그의 목을 조르던 자신의 모습이 그의 머릿
속에 떠올랐다. 지금쯤 약효가 떨어질 때가 되었으니,
다시 한 번 고성능 약물을 투입할 때가 되었음직도 하다
고 그는 판단했다.

"변 이사, 오늘 저녁 황무석 집 근처에서 기다리다가
그자를 만나요. 그리고 내가 주는 물건을 전해줘요."

"알겠심더. 무슨 물건입니꺼?"

"……."

시키는 대로 해왔지 결코 되물은 적이 없는 변희성인지라 백인홍이 의아해했다.

"혹시 그런 나쁜 놈한테 뇌물 주려는 거 아입니꺼?"

"내가 미쳤소? 그런 미친놈한테 뇌물을 주다니!"

백인홍이 소리를 꽥 질렀다.

"사장님, 죄송합니더."

변희성이 죄를 지은 어린아이처럼 두 손을 맞잡고 고개를 숙였다.

"잠깐 나가 있어요. 곧 부를 테니."

"알겠심더."

변희성이 뒷걸음질을 하며 물러났다. 백인홍은 소파에서 일어나 서류함 옆에 놓인 철제 캐비닛으로 가 열쇠로 문을 열었다. 그곳에서 큰 봉투를 꺼내 속에 든 남자의 윗도리를 끄집어냈다. 한쪽 소매만을 북, 찢은 후 윗도리를 다시 봉투에 넣어 캐비닛 속에 던졌다. 그리고 한쪽 소매를 탁자 위에 놓고 소파에 앉아 편지를 쓰기 시작했다.

존경하는 황무석 선배님.

지난 1년 반 동안 선배님의 깊고 깊은 배려로 저의 경영 책임하에 있는 백운직물은 눈부신 발전을 거

듭해왔습니다. 선배님께서 우리 회사에 남다른 관심을 가지고 계시므로, 익히 들으셔서 아실 줄 압니다만, 혹시나 하여 근황을 알려드립니다.

1년 반 전에 비해 백운직물은 직원 수가 5백여 명에서 7백여 명으로, 외형은 3백억 원에서 8백억 원으로 증대하는 등 눈부신 신장을 이루었습니다. 특히 대하실업의 수출 물량 증대에 따른 하청 업무의 폭주로 백운직물은 현재 금융기관으로부터의 적극적 지원 아래 생산시설 확장에 총력을 기울이고 있습니다. 이 모든 것이 선배님의 도움 없이는 가능하지 못했음은 삼척동자도 주지하고 있는 사실입니다.

이렇게 펜을 들게 된 이유는 다름이 아니라 1년 반 전 살롱 귀빈에서 선배님이 취해 두고 간 윗도리를 제가 보관하고 있었는데, 마침 기회가 닿아 전부는 아니더라도 일부만이라도 돌려드릴까 해서입니다.

가능하시다면, 진심으로 부탁드리건대, 돌려드리는 한쪽 소매를 잘 간직하시기 바랍니다. 골프 핸디가 싱글인 선배님께서 한쪽 팔로 싱글 핸디를 유지하기란, 아무리 운동신경이 좋으시더라도 쉽지 않으실 겁니다.

— 우제 인홍 드림

백인홍은 펜을 놓고 편지를 다시 읽어보았다. 마지막 부분을 읽으면서 그는 미소를 지었다. 인터폰으로 변 이사를 불렀다. 누가 안동 출신 양반이 아니랄까봐, 누차 권해도 사장과 마주 앉기를 거부하고 서 있는 변희성에게 백인홍이 말문을 열었다.

　"변 이사, 저녁때쯤 황무석 집으로 가서 집 앞에서 기다리세요. 사람 눈에 띄지 않게……. 토요일이라 골프 치러 갔을 터이니 아마 늦게 귀가할 거요. 차에서 내려 엘리베이터를 탈 때 같이 타서 엘리베이터 안에서 이것을 그자에게 전해주시오. 될 수 있는 대로 험한 인상을 지어 보이면서……."

　자신의 말을 무슨 신의 계시나 되는 것처럼 온 정신을 기울여 듣는 변희성의 모습에 백인홍은 웃음을 참느라 서너 번 마른침을 삼켜야 했다.

　"알겠심더. 실수 없이 하겠심더."

　변희성이 전쟁터에라도 가듯이 비장한 태도로 말했다.

　"그럼 수고해요."

　"잘 처리하겠심더."

　"잠깐."

　뒷걸음질을 하는 변희성을 백인홍이 소파에서 일어나면서 불러 세웠다.

"변 이사, 요즘 직공들의 동향은 어떻습니까?"

"사장님, 걱정 마시소. 의식화되어 있는 직공 문제는 다 해결했심더."

"어떻게요?"

"시골집으로 연락해 부모를 올라오라 캐서 집으로 다 데리고 가게 했심더."

"부모들을 어떻게 설득했어요?"

"지가 집으로 찾아가 부모들을 만나봤심더. 빨갱이들한테 속아 의식 교육을 받으면 딸들이 부모도 우습게 보는 처녀가 되고, 의식 교육장에서는 남녀가 혼숙 비슷하게 밤을 새운다고 지가 본 대로 얘기해주었심더."

"어떻게 의식 교육 현장을 목격했습니까?"

"지가 몰래 개들 꽁무니를 따라가보았심더."

백인홍은 속으로 크게 미소를 지었다. 역시 변희성을 노무 담당 이사로 발탁한 것은 좋은 결정이었다고 확신했다.

"오늘 저녁 일은 실수 없이 수행할 테니까 사장님께서는 조금도 걱정 마시소."

"아주머닌 건강하시지요?"

"아파트로 이사 가니 촌닭이 좋아서 죽을라 캅니더."

포장마차 시절의 변희성 부인의 깐깐한 모습이 떠올

라, 백인홍은 나오는 웃음을 참느라 공연히 필요 이상으로 진지한 표정을 지었다.

"그라고 사장님이 부탁하신 박수근이란 놈은 며칠 내로 잡게 돼 있심더. 그자가 가끔 혼자 가서 술 마시는 집을 지 후배들이 찾아냈심더."

갑작스런 박수근 수사관에 대한 언급에 백인홍은 심장이 굳어지는 것 같았다. 아직도 건재해 있을, 방자하고 무례하면서도 용서할 수 없는 죄를 진 박수근의 장지가 떠올랐기 때문이었다. 자신의 이마에 그 장지가 '탁' 하고 퉁겨질 때의 섬뜩한 느낌이 그의 가슴에 다시 찾아왔다. 갑자기 숨이 막힐 정도로 분노가 치밀었다. 이래서는 안 되지, 마음을 진정시켜야지. 백인홍은 분노를 가라앉히려고 노력하며 오히려 1년 반 전의 사건이 자신의 삶에 전화위복이 되었다고 스스로를 달래었다.

백운직물이 이렇게 성공을 거둘 수 있었던 것은 제때에 여성의류 수입·판매업을 한 이유도 있지만, 이진범의 부탁으로 관세청 수사관 집에 뇌물을 갖다주었다가 붙잡혀 서울지검 심문실에서 박수근 수사관에게 당한 1년 반 전의 경험이 직접적인 원인이 되었다고 할 수 있었다.

그 이후 그는 마음만 먹으면 물불 가리지 않았고, 어

떤 선의의 피해자가 생기든 상관하지 않았다. 사업의 성공 측면에서만 본다면 결과적으로 1년 반 전 서울지검 심문실에서의 경험이 그에게 숨겨진 축복이었다고 봐야 할 것 같았다.

그러나 무슨 일이 있어도, 하늘이 두 쪽이 나는 한이 있더라도, 박수근의 방자한 장지를 부러뜨려 영원히 못 쓰게 만들어야 된다고 백인홍은 다시 한 번 다짐했다.

"일을 치를 때 나한테 꼭 알려주세요……. 그럼 나가 보세요."

백인홍이 말했다. 1년 반 동안 기회가 오기만을 참고 기다린 자신의 인내심에 백인홍은 찬사를 보냈다.

4. 행복한 남자 : 황무석

– 음모와 비리로 쌓은 행복의 계단.
– 인생이란 너무 무거운 것! 그것을 가볍게 하는 방법으로 골프가 있다. 그런데
  불행하게도 무거운 인생이 더 무거워지도록 골프를 심각하게 받아들이는 사
  람이 너무 많다.
– '이웃을 사랑하라'는 말이 먼 데 있는 사람을 덜 사랑하게 하는 말이라고 비
  난받을 수 있듯이. 가족을 너무 사랑하면 가족 아닌 사람에게는 해가 될 수도
  있다.

"나이스 샷!"

캐디 아가씨의 함성이 땅거미가 지기 시작하는 마지막
18홀 푸른 초원에 메아리쳤다. 황무석 이사는 스윙 폼을
풀지 않은 채 비구(飛球)를 따라 시선을 옮겼다. 자신이
보아도 멋진 샷이었다. 세 사람이 뒤따라 드라이브 샷을
했다. 모두가 하나같이 자신의 샷과는 비교가 안 되는
졸작이었다. 황무석은 필드를 걸어나가기 시작했다.

"사장님, 핸디가 몇이에요?"

옆에 따라오며 캐디 아가씨가 물었다.

"몇이나 되는 것 같아?"

황무석이 미소 지으며 되물었다.

"싱글 핸디지요? 넷…… 다섯?"

"여섯이야. 키가 168센티미터밖에 안 되는, 쉰 살 먹은 남자로서는 괜찮은 편이지?"

"사장님이 쉰 살이세요? 골프 폼이 30대 프로 같은데요."

황무석이 미소 지으며 캐디의 엉덩이를 툭 치자, 그녀는 새침하면서도 싫지 않은 표정을 지었다.

"다른 분들은 뭐하시는 분들이에요?"

"사업을 하지. 왜?"

백 명 남짓한 직공들 먹여 살리기에 헉헉대는 봉제 하청업을 하더라도 사업은 사업이랄 수 있다고 그는 생각했다.

"젊은 사람들이 왜 저렇게 골프가 엉망이에요?"

캐디 아가씨가 다시 물었다.

"사업하느라 바빠서 그렇겠지."

"그래도요."

"왜, 내가 돈을 따서 기분이 나빠?"

"아니에요. 저쪽 아저씨들이 돈을 너무 많이 잃어 안됐어요."

"안돼 할 것 없어."

하청 업무를 나눠주는 것은 바로 자신이었다. 그러니 그까짓 골프 대접해주고 일부러 돈 몇 십만 원쯤 잃어주는 것에 미안함을 느낄 필요는 전혀 없었다. 밀려오는 골프 대접, 술대접 초청을 선별해야 하는 판이니 오히려 자신이 그들에게 혜택을 베푼다고 봐도 무방할 것 같았다.

"내가 딴 돈을 오늘 미스 리와 한잔하는 데 쓰려고 하는데…… 어때?"

"그렇게 많은 돈을 하룻저녁 술 마시는 데 써요?"

"그럼 미스 리 저축하는 데 사용할까?"

"……."

캐디 아가씨가 입을 삐죽거렸다. 황무석은 딴 돈 중에서 10만 원짜리 수표 두 장을 꺼내 캐디 아가씨의 점퍼 주머니에 찔러넣어주었다.

"아가씨들 캐디피 주고, 나머지는 미스 리가 가져."

"고마워요."

황무석은 두 번째 샷을 준비했다.

"미스 리, 나하고 내기할까? 이 공이 그린에 올라가면 오늘 저녁 미스 리가 나하고 데이트하고, 안 올라가면 내가 5만 원 벌금을 물지."

스윙 준비를 하다 말고 황무석이 캐디 아가씨에게 말했다.

"좋아요."

황무석이 스윙을 했다. 그와 캐디의 눈이 동시에 비구를 따라갔다.

"나이스 온!"

캐디 아가씨가 탄성을 질렀다.

"오늘 저녁 R호텔 2층 바에서 8시 반에 만나. 약속 지켜야 돼."

그린을 향해 걸으며 황무석이 말했다.

"9시로 해요. 마지막 퇴근 버스가 7시 반에 떠나요."

"여기서 시내까지 1시간 반이나 걸리나?"

"보통 그 정도예요."

이곳 골프장이 서울에서 좀 멀리 떨어져 있다는 느낌이 들긴 했다. 그러나 황무석은 서울 근교의 일류 골프장보다 조금은 외진 이런 골프장을 좋아했다. 토요일 오후의 예약이 어려워서만은 아니었다. 거들먹거리는 정·재계 거물들 옆에서 주눅이 드는 것도 싫었고, 무엇보다 딱딱한 골프장 분위기도 마음에 들지 않았다. 이곳 골프장처럼 자유롭게 행동하고, 캐디와 편하게 농담하고, 마음이 내키면 캐디 아가씨와 데이트 약속도 할 수 있는 분위기를 그는 좋아했다.

그렇다고 황무석이 골프장을 꼭 가리는 것은 아니었

98

다. 그는 장소와 때를 가리지 않고 골프장을 좋아했다. 특히 지금처럼 초가을 해가 질 무렵 필드의 분위기…… 싱싱한 풀 냄새, 산천초목이 뚜렷이 드러나는 해질 무렵의 고요함, 귀를 기울이면 들려오는 산새들의 지저귐, 그리고 결코 빼놓을 수 없는 캐디 아가씨의 발랄한 젊음…… 이러한 주변에 둘러싸여 초원을 걸어가는 것을 좋아했고, 또한 초원을 걸으며 자신의 흐뭇한 현재와 아늑한 미래를 머릿속에 그려보기를 즐겨 했다.

지금 이 시간에도 그는 자신의 현재와 미래를 음미하며 흐뭇한 미소를 머금고 있었다. 현재를 음미하면서, 그는 별로 힘들이지 않고 이럭저럭 굴러들어오는 무시하지 못할 규모의 수입을 떠올렸다. 장밋빛 미래를 구상하면서, 인자한 아내와 자랑스러운 아들과 두 딸의 모습을 떠올리고 있었다.

그때 초원의 평온함을 산산조각내는 목소리가 옆 홀 쪽에서 들려왔다. 순간 그는 한 자리에 멈칫 섰다. 그는 공포에 휩싸여 옴쭉달싹 못하고 옆 홀 쪽에서 나는 소리에 귀를 기울였다. 잠시 후 그는 긴장했던 표정을 풀고 다시 걷기 시작했다. 비슷한 목소리이긴 했지만 백인홍의 목소리는 아니었기 때문이었다.

그러나 그는 몸을 부르르 떨었다. 1년 반 전 살롱 '귀빈'에서의 사건이 그의 머릿속에 떠올랐기 때문이다. 반갑지 않은 과거는 돌이켜보지 않는 것을 신조로 삼고 있는 터이지만, 1년 반 전 '귀빈'에서 있었던 백인홍의 처사가 떠오를 때면 분노로 몸이 부르르 떨리는 것은 자신도 어쩔 수 없었다.

언젠가 복수할 때가 오겠지. 하지만 백인홍이 저렇게 일취월장, 승승장구하니 무턱대고 때를 기다릴 수만도 없고…… 근래에 들어와서 납품된 물품의 품질 검사로 백인홍의 속을 슬쩍 건드려보았으니 그 반응을 보고 다음번 행동을 취해야지, 하고 황무석은 자신을 위로했다.

"마지막으로 버디를 하세요."

그린에 도착하자 캐디가 그에게 퍼터를 건네주면서 한마디 했다.

"좋았어. 하라면 해야지."

황무석은 미소를 지으며 그린으로 올라갔다. 마지막 홀에서 그는 버디를 해 결국 토털 스코어 76을 쳤고, 캐디로부터는 존경의 눈길을, 같이 골프를 친 사람으로부터는 경이의 눈길을 받았다.

그는 라커룸으로 가 옷을 벗고 샤워실로 들어갔다. 그는 오랫동안 냉·온탕을 번갈아 들어가며 탕 속에서 몸을 위아래로 열심히 움직였다. 그렇게 하는 것이 혈액

순환에 좋고, 피로 회복에 좋으며, 무엇보다 섹스에 좋다는 누군가의 주장을 그는 철저히 믿고 있는 터였다.

* * *

황무석은 샤워를 끝내고 하청업체 사장 세 사람이 기다리고 있는 클럽하우스 식당의 테이블로 다가갔다.

"황 이사님, 골프 정말 잘 치십니다. 빠른 시일 내에 다시 한 번 도전할 기회를 주십시오."

일행 중 가장 젊은 김 사장이 말했다.

"다음번에 도전의 기회를 줄 테니 그때까지 김 사장 열심히 쳐."

"황 이사님이 대하실업에서 핸디가 제일 낮지요?"

정 사장이 거들었다.

"1년 반 전까지는 제일 낮았지. 그런데 지금은 사정이 달라졌어."

"누가 제일 낮아요?"

박 사장이 황무석에게 맥주를 따르며 물었다.

"진성호 차장이 제일 낮아. 핸디가 셋이야. 자, 들지."

황무석이 잔을 들어 세 사람의 잔과 부딪쳤다. 그는

차디찬 맥주를 쭉 들이켰다. 골프 치고 샤워한 후 마시는 맥주 맛이란! 골프, 냉·온탕, 맥주, 어느 것 하나 빼놓을 게 없었다. 아! 그리고 캐디 아가씨의 젊음, 이것 또한 빼놓을 수 없었다. 이걸 모르고 사는 미친놈들, 돈만 벌면 뭐 하나, 클래스가 있어야지. 그는 찬 맥주를 들면서 속으로 중얼거렸다.

"진 차장이 나이가 스물아홉밖에 안 됐다면서요?"

김 사장이 황무석에게 물었다.

"둘째부인한테 얻은 아들이라서 아직 나이가 어려."

"그런데 사업수완이 대단하다면서요?"

"머지않아 진 사장이 당해내지 못할걸. 진 사장은 머리는 좋은데 악착같은 데가 없어."

황무석이 맥주잔을 들면서 말했다. 그 순간 그는 오늘 아침 기획차장실에서 진성호가 한 말을 되새기고 있었다. 그에게 자신의 명의로 된 부동산 목록을 주면서 진성호가 한 말, '회사 중역이 재산이 많은 게 무슨 죄가 됩니까? 오히려 회사 일에 전념할 수 있으니까 더 좋은 일이지요.'

진성호의 호의에 답하는 방법이 없을까? 하는 질문이 그의 머릿속에 떠올랐다. 순간, LA 지점장인 이현식이 자기 실속을 차리고 있다고 슬그머니 귀띔을 해준 어떤 직원의 말이 떠올랐다. 그렇지, 이현식은 원래 진 사장이 밀어주는 사람이니까 이 사실을 진성호에게 알려주어야지. 황무석은 기분이 한결 좋아졌다.

"진 회장님은 두 아들 중 누굴 후계자로 생각하나요?"

김 사장이 물었다.

"진 회장 속마음을 내가 어떻게 알아? 진 회장은 절대로 속마음을 보이지 않는 사람이야."

황무석이 두 번째 맥주잔을 들이켰다. 여전히 짜릿한 맛이 목줄기를 거쳐가며 갈증을 말끔히 씻어주었다. 남은 생애 동안 1주일에 두서너 번 골프를 친 후 냉·온탕에 몸을 푹 담갔다가 서너 잔의 맥주맛을 만끽할 수만 있다면 세상에 부러울 것이 없을 것 같았다.

"진 회장님 외동딸도 있잖아요. 따님이 진 회장님 후계자가 될 가능성은 없나요?"

김 사장이 다시 물었다.

"진미숙이라고 있지. 대학에서 연극을 가르치다가 1년 전에 집어치우고 지금은 연극 연출에 발벗고 나섰어. 그런데……."

"스캔들이 많은가요?"

"좀 문제가 있지. 젊은 나이에 이혼도 했고……."

지금쯤 가족과 떨어져 미국 어느 구석에서 숨어 살고

있을 이진범의 처참한 모습이 그려졌다. 황무석은 좀 미안한 생각이 들었다. 더구나 거들먹거리며 큰소리만 치고 있는 백인홍 생각이 나자 일이 거꾸로 돌아가는 것 같았다.

시간이 해결해주겠지, 하며 그는 손목시계를 보았다. 9시까지 R호텔에 가려면 곧 떠나야 할 것 같았다.

"자, 그럼 슬슬 나가볼까?"

황무석이 말했다.

"어디로 가시게요? 강남 살롱에 방 예약해놨는데 그리 가시지요."

"아니야. 몸이 좀 피곤해서 일찍 집에 가서 쉬어야겠어."

"그럼 여기서 위스키라도 하시지요."

"아니, 오늘은 그만하지."

황무석은 한두 잔의 위스키가 입에 당겼으나 섹스에 가히 도움이 되지 않을 것 같아 사양하고 자리에서 일어났다.

"황 이사님, 캐디피를 지불하셨는데 제가 초대했으니까 이거 받으십시오."

정 사장이 10만 원짜리 수표 한 장을 내밀며 말했다.

"아니야, 필요 없어. 내가 땄으니 내가 내야지."

황무석은 식당 출구 쪽으로 걸어나갔다. 그는 클럽하우스 입구에 대기시킨 차에 올라타면서 차문을 열어주는 골프장 수위에게 천 원짜리 두 장을 주었다. 내로라하는 재벌도 보통 한 장을 주는데, 자신은 불쌍한 수위에게만은 재벌들보다 더 관대해지고 싶었다.

그는 세 명의 하청업체 사장의 인사를 받으며 그곳을 떠났다. 차창을 열자 시원한 가을바람이 풀냄새를 풍기며 그의 뺨을 스쳐갔다. 오늘 만난 캐디를 떠올리자 가을바람이 한결 더 상쾌하게 느껴졌다. 그가 탄 차가 고속도로에 들어서자 그는 차창을 닫고 눈을 감았다. 몸이 노곤해왔다. 한숨 자두는 게 좋을 것 같아 그는 기사에게 R호텔로 가자 이르고 잠을 청했다.

1시간 후 그가 탄 차는 R호텔에 도착했고, 그는 기사에게 30분에서 1시간 정도 대기하라는 말을 남기고 호텔로 들어갔다.

호텔로 들어간 황무석은 2층 바의 어두컴컴한 구석에 자리를 잡았다. 진토닉 한 잔을 시키고 바 내부를 둘러보았다. 아는 사람은 없었다. 혹시나 미스 리라는 아가씨가 왔을 때 아는 사람이 들어오면 어떻게 둘러댈까 하고 궁리를 했다. 조카라고 할까, 딸 친구라고 할까, 하고 잠시 저울질을 하다가, 아무래도 미스 리가 점잖지 못한 옷을 입고 나올 것 같아 불안했다.

그는 웨이트리스가 가지고 온 진토닉을 찔끔찔끔 마시며 자신의 남성근에 힘을 주어보았다. 금세 소식이 오는 것 같았다. 지난 주말 두 친구와 같이 경북 안동에 가서 그 유명한 안동 지방 구렁이를 달여 먹었는데, 한 마리에 백만 원이면 좀 비싸긴 해도 효과가 있는 것 같았다. 하루 낮 하루 밤 동안, 먹고 자고 먹고 고스톱 치고 또 먹고 자고 한 게 좀 청승맞기는 했어도 남자가 오십 줄에 들어서면 가끔 그럴 필요도 있다는 생각이 들었다.

그는 기분이 좋아져 빙그레 미소를 지었다. 그리고 다른 사람 눈에 띄지 않게 몸을 돌리고 고개를 숙인 채 미스 리가 오기를 기다렸다.

황무석이 호텔에서 나와 차에 올라탔다. 차가 움직이고 5분쯤 지난 후 황무석은 혼자서 '흐흐' 하고 웃었다. 기사가 룸미러로 쳐다보자 그는 자리를 고쳐 앉으며 근엄한 표정을 지었다.

역시 나이는 못 속이는 거라고 그는 결론지었다. 돈

씀씀이가 훨씬 커졌는데도 젊은 여자들에게 종종 바람 맞는 경우가 잦아지니 나이를 탓할 수밖에 없었다.

옛날에는 캐디 아가씨들이 순진해서 약속을 했으면 꼭 지켰는데 요즘 애들은 약아빠졌단 말이야. 좋은 세월도 이젠 다 갔다고 봐야지. 요즘 젊은 것들은 돈 있고 배부르니 제멋대로 놀아날 수밖에…… 황무석은 자리를 고쳐 앉았다.

"내일 아침 몇 시에 모시러 올까요?"

아파트 단지의 좁은 길로 들어서자 기사가 물었다.

"골프 예약 시간이 7시 40분이니 6시 30분에는 집에서 떠나야 될걸."

"6시 20분까지 모시러 오겠습니다."

"김 기사가 나 때문에 주말에도 쉬지를 못하는구먼."

"괜찮습니다. 주말에 별로 할 일도 없습니다."

"자, 이거 집에 케이크나 사가지고 가."

황무석은 10만 원짜리 수표 한 장을 기사의 어깨 너머로 내밀었다.

"괜찮습니다."

황무석이 수표를 든 손을 거두지 않자 기사가 마지못한 체하며 받았다. 황무석은 기사에게 주는 돈은 아깝다는 생각이 들지 않았다. 골프장에서 하청업체 사장으로부터 딴 돈이 남아 있고, 오늘 저녁 미스 리가 호텔로 나오면 주려고 했던 돈이 남았기 때문만은 아니었다. 적어도 자신의 차를 모는 기사에게는 누구보다도 관대하고 싶었다. 회사 내의 기사들이 진 회장이나 진 사장 차를 운전하기보다 자기 차를 운전하기를 원한다는 사실을 그는 늘 자랑스러워하고 있는 터였다.

뿐만 아니라 잘만 이용하면 기사들은 중요한 정보 제공자 구실을 해줄 수 있음을 그는 잘 알고 있었다. 얼마 전에는 진 회장이 큰아들인 진 사장을 못마땅해하고 차남인 진 차장에게 기울어지고 있다는 사실도 기사를 통해 알았고, 1년 반 전 진 회장의 외동딸 진미숙이 이진범과 불륜관계를 맺고 있다는 사실도 기사를 통해 얻은 정보였다. 또한 진미숙이 친오빠인 진 사장에게 원한을 품고 있다는 사실도 수주일 전에 기사의 입을 통해서 알았다. 기사들이 차 속에서 오가는 차 주인의 대화 내용을 기억하고 있다가 자랑 삼아 떠벌려대고 있으니, 기사 대기실이 모든 정보의 집합 장소라 할 수 있을 것 같았다.

기사 입을 통해 얻은 이런 종류의 정보란 알아두면 언젠가는 매우 유익하게 이용할 수 있다고 황무석은 확신하는 터였다.

그가 사는 고층 아파트 건물이 시야에 들어왔다. 비록

최고급 일류 아파트는 아니나 대하실업의 중역이 살기에 부끄럽지 않을 정도는 된다고 그는 자부했다.

"김 기사, 슈퍼마켓 앞에 세워줘."

황무석은 잠시 집에 있는 가족들을 머릿속에 떠올렸다. 석사 과정을 밟고 있는 아들, 대학교 3학년과 1학년인 두 딸, 그리고 가정을 무리 없이 이끌어가는 상냥한 아내를 떠올리며 그는 흐뭇한 기분이 되었다. 누구 앞에 내놓아도 자랑스러운 가족이라고 자부하는 터였다. 머리가 좋아 초등학교 때부터 우등생이었던 아들 녀석은 외모도 출중했다. 게다가 친구 놈들처럼 세태에 휩쓸리며 부모 속을 썩이지도 않고 명문 대학을 별 탈 없이 졸업해 석사 과정을 밟고 있으니, 아버지보다 몇 배 낫다는 농지거리를 주위로부터 자주 들었다. 오빠에 못지않게 두 딸도 외모와 총명함에서는 어디에 내놓아도 부끄럽지 않으니, 그만하면 자신에게는 과하면 과했지 부족하다고 생각되지 않았다.

새로 생긴 외국 체인 슈퍼마켓 앞에 차를 세웠다.

"집까지 걸어갈 테니 김 기사는 그냥 돌아가고 내일 아침 일찍 봐."

"네, 알겠습니다. 그럼 편히 쉬십시오."

황무석은 차에서 내려 슈퍼마켓으로 들어섰다. 플라

스틱 바구니를 들고 음식 진열대 사이를 걸어가며, 무슨 귀중품이라도 고르듯이 하나하나를 세심히 관찰하며 고르기 시작했다. 아들 녀석이 좋아하는 팝콘 한 봉지, 미국제 말린 소시지 다섯 봉지와 버드와이저 맥주 다섯 병을 바구니에 담았다. 다시 포도주스 한 병을 집으며, 젊은 놈이 웬 포도주스를 그리 좋아하나, 비타민이 많으니 건강엔 좋겠지, 하고 미소 속에 중얼거렸다.

그다음, 두 딸 몫으로 기름기 없는 안심 스테이크 덩어리를 집으며, 딱 보기 좋은데 다이어트한다고 설쳐대며 밥 대신 채소와 고기만 먹는 두 딸을 마음속으로 탓했다.

마지막으로, 서적 코너로 가 아내를 위해 주부들이 보는 신간 월간지 두 권을 집었다.

황무석은 슈퍼마켓을 나와 장본 것을 양손에 들고 아파트 단지 정문 쪽으로 어슬렁어슬렁 걸어갔다. 그는 밤 공기를 깊숙이 들이마셨다. 기분이 한껏 상쾌해졌다. 골프장에서 맑은 공기를 마시며 운동을 했고 클럽하우스에서 냉·온탕으로 몸을 풀었으니, 오염되었을 서울의 밤 공기에도 넉넉히 견디어낼 자신이 생겼다.

또한 이때쯤이면 바쁜 직장생활에서 벗어나 느긋하게 가족들 생각을 할 여유를 갖게 마련이었다. 가족이 경험했던 혹독한 과거를 생각하니 현재가 더 뿌듯하게 느껴졌고, 가족의 미래를 그려보니 현재가 마냥 즐겁기만 했다. 내 가족이 과거 한때 뼈를 깎는 고통을 당했다는 사실을 누가 상상이나 할 수 있을까? 그 순간 그의 기억은 과거를 거슬러 올라가기 시작했다.

지금부터 15년 전, 1974년 초여름 어느 날 저녁이 떠올랐다. 그날 저녁 10시까지 선적 서류 작성을 끝내고 사무실을 나섰다. 귀가하는 길에 남대문을 지나면서 로터리 중앙에 세워진 시계탑 위의 전광판에서 그날 현재의 수출 누계 수치를 보았을 때 그는 하루 동안의 과로로 쌓였던 피로가 씻은 듯 사라지는 것을 느꼈다. 전광판에 표시된 마지막 숫자에 그가 한몫했다고 자부할 수 있었기 때문이었다.

그날 저녁 11시경 황무석은 흐뭇한 마음으로 한강 옆에 위치한 구반포 아파트 단지 내 20평 규모의 아파트가 모여 있는 5층짜리 건물에 들어섰다. 층계를 올라가며 그는 가슴이 뿌듯해왔다. 10년 전 무일푼으로 시작한 결혼생활이었는데, 부부의 힘으로 지금 와서는 보일러 시설이 있는 20평짜리 현대식 아파트까지 마련했다는 생각이 들어서였다. 연탄아궁이가 아니고 경유 보일러 시

설이 있는 아파트에 가족이 살고 있다니, 자신이 생각해
도 대견스러웠다. 이제 자식들은 추위를 모르고 지낼 터
라서 자신의 어린 시절과 너무나 차이가 났다. 그는 그
런 차이가 좋았다. 자신이 노력한 결과라는 생각 때문이
었다.

5층 계단을 올라가면서 아내가 정성 들여 준비했을 구
수한 된장찌개를 생각하자 일시에 공복감이 찾아왔다.
초인종을 누르자 잠시 후 문이 열렸다. 아파트 문을 열
어주는 아내가 여느 때와는 달리 그의 시선을 피한 채
응접실에 면한 주방으로 갔다. 그는 안으로 들어서 소파
에 앉았다.

"애들은 벌써 자는 거야?"

부엌에 있는 아내의 등에다 대고 물었다. 아내는 아무
런 답도 하지 않았다.

"애들한테 무슨 일 있었어?"

아내의 등에다 대고 다시 물었다. 여전히 반응이 없던
아내의 어깨가 흔들리는 것 같았다. 그는 얼른 자리에서
일어나 아내에게 다가갔다. 아내의 어깨를 잡는 순간 아
내가 돌아서 그의 품에 안기며 흐느끼기 시작했다.

"무슨 일이야? 왜 그래?"

아내의 흐느낌이 격렬해졌다. 그는 아내를 품에 꼭 껴

안아주었다.

"여보, 어떡해요?"

아내가 흐느낌을 가라앉히며 그의 품속에서 말했다.

"무슨 일이야?"

"정태가 학교에 가지 않겠대요."

"왜?"

"학교에서 선생님이 도시락을 싸오지 말랬대요."

"왜?"

"학교 급식을 준다고……."

"학교 급식을 안 받으면 될 거 아니야."

"25평 아파트 이하에 사는 애들은 강제로 학교 급식을 받아야 한대요."

순간 서른다섯 살의 혈기왕성함이 끓어오르는 분노로 바뀌었다. 이런 ××놈들! 이것들이 교육자라고. 황무석은 속으로 울부짖으며 아내를 꼭 껴안아주었다. 그리고 그 순간 그는 어느 교과서에서도 가르쳐주지 않았던 인생 교훈을 가슴 깊숙이 간직했다. 교육자든, 정치가든, 사업가든, 어느 누구도 믿을 수 없고 오직 자기 자신만 믿을 수 있다는 교훈이었다.

혼자서 집 쪽으로 발길을 옮기는 황무석은 15년 전에 일어났던 일을 느긋한 마음으로 회상하고 있었다. 그 당시 뼈에 사무치도록 잊을 수 없었던 그 사건을 지금에 와서는 어떤 아련한 추억처럼 느긋하게 회상할 수 있는 여유가 생겼다는 것은 자신이 생각해도 놀라운 일이었다.

하지만 그에게는 그럴 만한 충분한 이유가 있다는 생각이 들었다. 어느 누구의 까다로운 눈으로 보아도 화목한 가정, 남편을 생명처럼 사랑하고 자식들을 극진히 돌봐주는 자상한 아내, 어디에 내놓아도 자랑스러운 아들과 두 딸…… 쓸데없는 욕심을 부리지 않는다면 가족 모두가 평생 동안 쪼들리지 않고 살 수 있는 경제적 기반, 둘째가라면 서러워할 가족 모두의 건강, 특별히 내세울 것은 못 되더라도 떳떳한 자신의 사회적 지위……. 황무석은 가족 모두에게, 특히 아내에게 고마움을 느꼈다.

그때 '황 선생님' 하고 부르는 소리에 그는 걸음을 멈추고 뒤돌아보았다. 한약방 주인이 셔터문을 내리며 그를 보고 있었다.

"늦게 퇴근하시네요?"

황무석이 50대 중반의 한약방 주인에게 인사했다.

"지난번에 부탁하신 최고급 녹용을 확보했는데요. 몇 첩이나 지어드릴까요?"

"적당히 해주세요."

"사모님께서 별로 약한 데는 없으시지요?"

"뭐 별로 약한 데는 없어도 나이 먹어가니 피로를 자주 느끼는 것 같아요."

"그럼 스무 첩 정도만 지어드리지요. 황 선생님도 한 번 드셔보시지요?"

"아닙니다. 저는 필요 없어요. 잘 먹고, 일 잘하고, 운동도 하는데요, 뭘."

"그래도 50대에 들어서면 좀 먹어두는 게 좋을 겁니다."

"저는 상관 마시고 젊은 애들한테 괜찮다면 큰애를 한 번 먹여보지요. 내일 제가 보낼 테니 진맥이나 잘 봐주세요."

"알겠습니다. 그럼 안녕히 가십시오."

한약방 주인과 헤어진 황무석은 아파트 입구에 들어섰다. 아파트 경비원이 자리에서 일어나 유리창 너머로 그에게 인사했다. 황무석은 유리창 앞으로 다가가 유리창을 열고 돈 3만 원을 꺼내 경비원 앞으로 내밀며 '아침에 해장국이나 하십시오'라고 말했다. 굽실대는 경비원을 뒤로하고 엘리베이터 앞에 섰다. 엘리베이터 문이 열리자 안으로 들어섰다.

곧이어 한 사람이 헐레벌떡 뛰어와 엘리베이터 안으로 들어섰다. 황무석은 그를 힐끔 쳐다보았다. 안면이 없는 그자의 큰 덩치에 압도당하는 기분이었다.

문득 한 달 전에 아파트 근처에서 일어났던 강도 사건이 상기되었다. 밤늦게 귀가하다가 강도에게 둔탁한 흉기로 머리를 얻어맞아 몸 한쪽이 마비된 이웃 남자의 모습이 떠오르자 황무석은 등골이 오싹해왔다. 그는 엘리베이터 층수 신호등에 시선을 보냈다. 얼른 올라가주었으면 하는 마음이 간절했으나 12층까지 가는 데 시간이 몹시 걸렸다.

날카로운 눈초리로 자신을 쏘아보는 그자의 모습이 곁눈질로 보였다. 그자가 옆구리에 끼고 있던 큰 봉투에서 내용물을 꺼내는 순간, 황무석은 그것이 흉기라는 확신이 섰다.

황무석은 얼른 금테 롤렉스 시계를 끄르고 속주머니에서 지갑을 꺼내 사시나무 떨듯 하며 그자 앞에 내밀었다. 그자는 황무석을 본 체 만 체 서두르지도 않고 내용물을 꺼내 들었다. 알루미늄으로 된 의수(義手)에 양복소매가 끼워져 있었다.

"황무석 이사님이시지예? 지는 백운직물 변희성 이사입니더."

변희성이 시계와 지갑을 꺼내 들고 있는 그에게 허리를 굽히며 말했다.

"백 사장님께서 황 이사님께 이걸 전하라고 해 가지고 왔심더."

황무석이 정신이 나간 사람처럼 멍하니 보고만 있자, 변희성은 양복 소매가 끼워진 의수를 황무석의 가슴팍에 '퍽' 하고 안겼다. 황무석은 가슴을 움켜잡고 엘리베이터 바닥에 주저앉았다. 변희성이 의젓하게 말했다.

"황 이사님, 아무래도 황 이사님 팔 한쪽이 없어질 것 같아 의수를 맞춰 가지고 왔심더."

변희성이 10층 버튼을 눌렀고 엘리베이터는 멈췄다.

"황 이사님, 그럼 지는 가보겠심더."

변희성이 허리를 굽혀 황무석을 내려다보며 말했다. 엘리베이터를 나서기 전 변희성은 속주머니에서 편지를 꺼내 황무석의 머리 위에 떨어뜨렸다.

황무석은 가슴을 움켜쥐고 꿇어앉은 채 엘리베이터를 나서는 변희성의 뒷모습을 얼빠진 사람처럼 멍하니 보고만 있었다.

5. 고국을 떠난 사람들 : 이진범

- 가족에게 돌아가지 못하는 고달픈 미국 생활.
- '시기'란 자신에게 열등감을 주는 상대방을 향한 증오심이다. 이민은 자신을 본토인과 비교하지 않게 해 열등감을 받지 않으므로 시기심에서 벗어날 수 있다.
- 과거 인종의 우월성 판단은 젊은이들의 체격과 외모가 영향이 컸다. 하지만 수명이 현저히 늘어난 21세기, 그것은 평균수명과 관계가 더 깊다(그래서 한국은 미국보다 우월하다고 볼 수 있다).

이진범은 걸음을 멈추고 주머니에서 편지를 꺼내 겉봉투에 쓰인 아파트 호수를 확인한 후 황혼의 불그스름한 빛이 비치는 고층 아파트의 어느 한 곳을 올려다보았다.

1년 반 전 그가 미국으로 떠나던 날 새벽 백인홍의 아파트를 보았을 때와는 전혀 다른 느낌이었다. 그때 그곳은 불이 꺼져 있었고, 그 안에 아내와 두 딸 진희·진미가 잠들어 있었다. 그리고 그는 멀리서 아내와 두 딸의 숨소리를 듣고 있었다. 지난 1년 반의 세월이 10년처럼 길게 느껴졌다.

지금 그의 눈에 비친 고층 아파트는 성냥갑을 쌓아올

린 듯 숨 막히는 무미건조함에서 성큼 벗어나 어떤 아름다움을 보여주고 있었다. 어두움이 도시의 지저분함을 가리듯 황혼은 볼썽사나운 고층 아파트를 살짝 채색해 단조로움을 눈가림하고 있었다. 이진범은 황혼에 감사했다. 특히 지금 그를 맞이하고 있는 서울의 황혼에 감사했다.

이진범은 아파트 입구 앞 경비실을 들여다보았다. 늙은 경비원과 눈이 마주치자 '902호를 찾아왔습니다'라고 했다. 경비원은 고개를 끄덕거렸다. 엘리베이터에 올라타 층수 버튼을 누르는 순간, 사전에 전화도 하지 않고 찾아와 아내가 놀라지나 않을까 하는 두려움이 엄습했다. 언제나 그랬듯이 자신은 매사에 사려가 부족하다고 절감했다.

4년 반 전 아내의 만류를 뿌리치고 잘 다니던 대하실업을 나와 사업을 한답시고 거들먹거리다가 1년 반 전 부도를 내 도피자가 된 것도 그러했고, 후에 관세청장 앞에서 그러한 사실을 부정할 용기도 없으면서 관세청 심리 분실에서 증거물을 탈취한 만용도 그러했다.

뿐만 아니라 진미숙이라는 이혼녀와 한때 달콤한 사랑에 빠져 그토록 착한 아내와 어린 두 딸을 마음속에서는 내팽개치듯 했으니……. 지지리도 못나고 지지리도 파렴치한 인간이 자신이라는 사실을 부정할 수 없었다.

엘리베이터가 멈췄다. 문이 열리고 복도가 보이면서 가족에게 줄 선물을 사지 않았다는 것을 알았다. 1년 반이나 떨어져 있었으면서, 그것도 이역만리 미국 땅에 있었으면서 선물 하나 사오지 않은 아버지를 보면 두 딸이 얼마나 섭섭해할까? 아내가 얼마나 야속해할까?

열렸던 엘리베이터 문이 다시 닫히고 있었다. 그는 깜짝 놀라 엘리베이터 밖으로 뛰어나왔다. 그는 후, 하고 안도의 숨을 쉬었다. 엘리베이터 문이 닫히도록 그 안에 있었으면 자신은 영원히 그 안에 갇혀 있게 되었으리라는 느낌이 들어서였다.

그는 복도를 걸어가 가족이 살고 있는 아파트 문 앞에 섰다. 심호흡을 서너 번 하여 마음을 안정시켰다. 손을 들어 노크를 하려는 순간 문이 스르르 열렸다. 그는 현관으로 들어섰다. 가구 하나 보이지 않는 텅 빈 응접실은 커튼이 없는 창문으로 들어온 황혼빛에 알몸을 드러내고 있었다. 아내의 편지를 통해 이미 알고 있는 집안 구조가 그의 시야에 들어왔다.

그는 신을 벗을 사이도 없이 응접실로 들어서면서 안방 문을 덜컥 열었다. 텅 빈 방 벽에 걸린 홈드레스가 눈에 띄었다. 그는 얼른 그쪽으로 가 홈드레스 자락을 잡아 얼굴로 가져갔다. 아내 특유의 체취, 그것은 아내의 미소를 연상시켰다. 한 남자 때문에 일생을 망쳐버린 여자가 짓는 슬픈 미소, 모든 것을 자신의 운명이라고 단정하고 짓는 체념의 미소……. 순간 처녀 시절 발랄했던 아내의 모습이 떠올랐다. 잔인한 세월의 흐름에 치가 떨렸다. 아니, 한 남자의 무능함에 치가 떨렸다.

그는 아내의 홈드레스에서 얼굴을 떼고 딸들 방으로 달려갔다. 방안에 아이들은 없고, 방바닥에 진희·진미의 옷이 널려 있는 게 보였다. 아! 아버지를 얼마나 원망하고 있을까. 무능하고 파렴치한 아버지를 둔 것 이외에 아이들에게 무슨 잘못이 있나! 그는 자신도 모르게 울먹이기 시작했다. 적어도 딸들에게만은 아버지다운 모습을 보여야 한다고 자신에게 채찍질을 하며, 뺨을 타고 흐르는 눈물을 얼른 손등으로 닦았다.

그 순간 따르릉, 하고 전화벨 소리가 들렸다. 그는 소리 나는 쪽으로 고개를 돌렸다. 응접실에서 나는 소리일까? 따르릉, 다시 울려왔다. 그는 후닥닥 방을 뛰쳐나와 응접실로 향했다. 따르릉, 또 한 번 전화벨이 울렸다. 급히 주위를 둘러보았으나 전화기가 보이지 않았다. 분명히 아내가 거는 전화일 거라는 확신이 들자 미칠 것만 같았다. 따르릉, 전화벨 소리가 계속 울렸다. 벽 속에서 전화벨 소리가 나는 것 같았다. 그는 있는 힘을 다해 벽을 향해 돌진했다.

꽈당, 하고 침대에서 떨어지면서 이진범은 눈을 번쩍 떴다. 꿈이지, 분명히 꿈이었지, 여기는 워싱턴이지, 분명히 내가 워싱턴에 있는 거지, 하고 속으로 중얼거리며 이진범은 엉거주춤 상체를 일으켰다.

역시 꿈이구나. 그는 마음이 놓였다. 근래에 와서 비슷한 꿈, 말도 안 되는 꿈이 밤마다 그를 찾아와 잠을 깨우곤 했다. 어제 저녁 늦게 위스키를 마시고 취해 잠자리에 들었으므로 푹 잘 수 있을 줄 알았는데 그렇지 못했다.

그는 바닥에서 일어났다. 침대에 누우려는 순간 따르릉, 전화벨 소리가 들렸다. 환청인가? 그는 반신반의하며 귀를 기울였다. 희미하게나마 따르릉, 하는 전화벨 소리가 다시 들렸다. 그는 그 소리가 지하실에 있는 사무용 전화기에서 나는 소리라는 것을 알았다.

그는 침대에서 일어나 방을 나와 좁은 복도로 나섰다. 계단을 살금살금 내려가 1층 주방으로 들어가서는 지하실로 통하는 문을 열었다. 삐걱거리는 나무계단에 발을 내려놓으면서 스위치를 켰다. 지하실 안이 환해지자 불빛에 눈이 부셨다. 보일러 옆 탁자 위에 놓인 전화기의 벨이 계속 울리고 있었다. 그는 얼른 다가가 수화기를 들었다.

"이 사장, 나 혁배야."

"누구시라구요?"

잠시 덜 깬 상태에서 이진범이 물었다.

"나 권혁배야."

그제서야 이진범은 정신이 번쩍 들었다.

"권 의원, 지금 어디 있어?"

놀라움과 반가움이 반반 섞인 목소리로 이진범이 물었다.

"나 지금 LA 공항에서 전화하는 거야. 이곳 시간으로 저녁 10시인데 그쪽은 몇 시야?"

"지금 밤 2시야."

"미안해. 자는 사람 깨워서."

"괜찮아. 이곳에 언제 올 거야? 빨리 만나고 싶어."

"지금 뉴욕으로 가는 비행기를 타려고 하는데, 뉴욕에서 만날 수 있을까?"

"만나러 가야지."

"거기에서 뉴욕까지 얼마나 걸리나?"

"차로 가도 4시간이면 돼."

"내일 유엔 대사관저에서 우리 의원 일행이 저녁을 하기로 되어 있는데 저녁 후에 만나면 어떨까?"

"좋아, 몇 시쯤 전화할까?"

"저녁 9시쯤. 그럼 자는데 깨워서 미안해. 내일 봐."

이진범은 수화기를 내려놓았다. 순간 1년 반 전 권혁배 의원과 헤어지던 순간이 떠올랐다. 관세청장실 앞 복도에서 권혁배가 돌아서기 전 했던 말이 들려왔다. '너 정신 있어? 죽으려고 환장했어? 왜 증거물을 탈취해갔다고 인정했어? 이젠 별수 없어. 잡히기 전에 지금 바로 무조건 튀어'라는 말이 이진범의 귀에 울려퍼졌다.

만약 그때 관세청장 앞에서 증거물을 탈취해간 사실을 부정했다면? 하는 질문을 무의식중에 자신에게 던졌다. 만약 그래서 권혁배 의원의 도움으로 어려움에서 벗어나 사업을 계속할 수 있었다면? 그래서 가족도 지금과 같은 고통을 당하지 않았다면? 그는 숨이 막혔다. 그 순간의 용기 없음이, 그 순간의 배짱 없음이 날카로운 비수가 되어 그의 가슴을 휘저었다. 밤하늘을 향해 울부짖는, 들판에 홀로 내팽개쳐진 상처받은 야수가 한없이 부러웠다.

그 순간 '아!' 하는 괴성이 이진범의 입에서 새어나왔다.

"무슨 일이야?"

그는 깜짝 놀라 뒤를 돌아다보았다. 김영수가 지하실 층계 위에서 큰 키를 꾸부정하게 구부리고 놀란 표정을 짓고 있었다. 전화벨 소리에 깨어나 지하실로 오다가 자신의 괴성을 들은 모양이었다.

"아니야. 아무 일도 아니야."

"서울 집에 무슨 일이라도 있어?"

김영수가 층계를 내려오면서 불안한 표정으로 다시 물었다.

"아니야. 우리 고등학교 동창생 있지? 국회의원 된 권혁배라고. 그 친구가 LA에서 전화했어. 오늘 뉴욕으로 온다고."

"권혁배 그 친구 아직도 엉터리 깡패 행세 하나?"

의자에 걸터앉으며 김영수가 말했다.

고등학교 시절 거들먹거리며 서푼짜리 깡패 행세를 하던 권혁배가 20년이 지난 지금은 당당한 국회의원으로 전혀 다른 사람이 되었다는 것을 오래전에 이민 온 김영수가 알 리가 없었다.

"권혁배 완전히 달라졌어. 지금은 재야 운동권 출신 소장 국회의원에다가 동창 일이라면 무슨 일이든 앞장설 정도로 의젓해. 나도 도움을 받았어."

이진범이 말했다.

"사람 팔자 알 수 없구먼. 그건 그렇고 어제 휴스턴에서의 바이어 상담은 어떻게 됐어? 좋은 소식 들으려고 마누라하고 늦게까지 기다리다가 피로해서 그냥 잤어."

"틀렸어. 대만 쪽으로 정했대. 가격 경쟁에서 밀렸어."

이진범이 힘없이 말하고 고개를 숙였다.

"시어스 백화점 체인만 잡으면 다른 곳 열 군데보다 나으니까 괜찮아. 시어스에는 언제 가게 돼 있지?"

"3일 후인데 이젠 자신이 없어."

"마음 약하게 먹지 마. 쥐구멍에도 볕들 날이 있게 마련이야."

"시어스 잡지 못하면, 이젠 백운직물에서 월급 받을 면목이 없어. 아무리 친구지간이라고 해도 백 사장 도움만 받을 순 없잖아."

둘 사이에 잠시 침묵이 흘렀다.

"영수야, 시어스 안 되면 내가 네 밑에서 일하는 건 어때?"

이진범이 불쑥 내뱉자 김영수가 놀라는 표정을 지었다.

"뭐? 네가 여기서 이걸 가지고 일한다고?"

김영수가 천천히 지하실을 휘 둘러보는 시늉을 했고, 이진범은 그의 시선을 따랐다. 천연 목재가 그대로 드러난 천장, 시멘트 블록 벽을 따라 놓인 조립식 철제 받침대들, 그리고 받침대 위 뚜껑이 열린 종이박스 속에 들어 있는, 한국산 뱀장어 껍질로 만든 지갑·핸드백 따위의 제품, 보일러 옆에 놓인 고물 탁자, 탁자 위에 놓인 때 묻은 전화기가 보였다. 김영수가 이진범을 보며 피식 웃었다.

"진범아, 이건 말이야. 이민 온 지 10년 정도 지난 놈이 이것저것 하다 안 돼 가족들 입에 풀칠하려고 하는 거야."

"그래도 영수 네가 부러워. 여하튼 네 힘으로 가족을 먹여 살리잖아."

"너는?"

"나야 기껏 자선 받아 가족을 먹여 살리고 있는 셈이지. 너한테 부담 주지 않고 뱀장어 제품을 팔아볼게."

"그 얘기가 아니야. 이 일이란 게 건방진 가게 주인들한테 항상 벌벌 기어야 하는 일이니까 그렇지. 그년들의 미친 지랄을 다 받아줄 수 있겠어?"

"가족을 내 힘으로 먹여 살릴 수만 있다면 그 사람들 발이라도 닦아주겠어."

이진범이 나직이, 그러나 확신에 찬 목소리로 말했다.

"너 진심으로 하는 얘기야?"

김영수가 묻자 이진범이 고개를 끄덕였다.

"그럼 푹 자고 나중에 다시 얘기하자. 나는 내일 뉴욕에 세일즈하러 가야 돼. 그곳 거래하는 액세서리 가게에 들러 우리 물건 재고 파악도 하고, 필요한 물건 배달도 할 겸."

김영수가 의자에서 일어나면서 이진범에게 말했다.

"나도 같이 가지 뭐."

이진범이 말했다.

"아침 일찍 떠나는데?"

"너하고 같이 돌아다니다가 저녁에 권혁배 만나보면 돼. 같이 권혁배 만나는 건 어때?"

"아니. 한국에서 온 거들먹거리는 친구들, 입만 벙긋하면 몇 백만 달러야. 김새서 안 돼. 내 생활 리듬도 깨지고……. 너 혼자 만나."

"그러지 뭐."

"자, 그만 올라가서 자. 아침 6시에 떠나야 돼."

"먼저 올라가. 곧 올라갈게."

김영수가 지하실을 나간 후 이진범은 지하실 내부를

둘러보았다. 왠지 모르게 훈훈한 분위기가 감도는 것 같았다.

바로 이곳 지하실이 지난 1년 반 동안 뱀장어 껍질로 만든 제품을 수입해 가게에 내다 파는 김영수의 사무실이자 자신의 미국 판매활동의 근거지가 되어왔다. 보일러가 어느 사무실 집기보다 큰 면적을 차지하고 있었지만 자신이 과거에 경험한 어느 사무실보다 아늑한 분위기, 활력이 넘치는 분위기를 간직하고 있었다.

지난 1년 반 동안 김영수는 뱀장어 제품을 파는 데 전력투구했고, 자신은 백운직물의 미국 판매원 노릇을 하느라 정신없었는데 그 노력의 산실이 바로 이곳 워싱턴시 근교에 위치한 김영수 집의 지하실이었다.

하지만 1년 6개월이란 세월이 지난 지금까지 자신이 이룬 사업 실적은 제로. 그사이 최소한의 미국 거주비 및 활동비와 서울에 있는 가족의 생활비를 대준 백인홍에 대한 보답은 거의 없다는 결론이 나왔다. 그래도 시어스 백화점에 일말의 기대를 걸고 있으나 그것마저 실패한다면 더이상 백인홍의 신세를 질 염치가 없었다. 백사장이 사업이 확장일로에 있다고 큰소리는 치지만, 그렇지 않아도 회사 운영에 여러 가지 애로가 있을 터인데 자기한테까지 계속해서 신경을 쓰게 할 순 없다고 이진범은 결론지었다.

이제 어떻게 하지? 속 시원한 답이 나올 리가 없었다. 이진범은 지하실을 나와 고양이 걸음으로 주방으로 갔다. 찬장에 넣어둔 위스키 병을 불도 켜지 않은 채 손으로 더듬어 찾았다. 희미한 달빛에 눈이 익숙해지기를 잠시 기다린 후 유리잔을 꺼내 위스키를 넉넉히 따라 꿀꺽꿀꺽 마셨다. 아침 6시에 뉴욕으로 떠나야 하니 눈이라도 조금 붙여두어야 하는데 위스키가 도움이 되길 바라며 침실로 갔다.

방에 들어와 침대에 누운 이진범은 잠을 청했으나 잠이 오기는커녕 머리만 점점 맑아졌다.

미국에 온 첫날 저녁 이진범의 사정 얘기를 다 들은 후 고등학교 동창생 김영수가 웃으며 한 말, '딴 데 있을 생각 말고 우리 집에 있어. 숙식비는 면제해줄 테니까. 그러나 1주일에 한 번 잔디 깎고, 가끔 내가 없을 때 아이들 운전사 노릇은 해줘야 돼'라는 말이 다시 들려왔다.

스카치 위스키 병을 앞에 놓고 저녁 늦게 술이 취해 한 이야기라 귀담아듣지 않았는데 바로 다음날부터 김영수의 말대로 그들 가족의 식솔이 되어버렸으니······.

워싱턴 근교에 위치한 싸구려 2층 신축 주택. 30년 분할 상환 조건으로 계약금과 1차 연도 불입금을 합쳐 3만 달러 정도 주고 입주한 집으로, 커튼조차 장만하지 못해 햇빛이 그대로 들이닥치는 집이었지만, 집주인인 김영수에게 그 집은 큰 자랑거리였다.

서울에서 주요 일간지의 국회 출입 민완기자 노릇을 2년간 하다가 10년 전 서슬 퍼런 유신 권력의 비위를 건드렸다는 이유로 권고사직을 당한 차에 '에라, 모르겠다. 더러워서 여기선 안 살겠다'며 큰소리치고 가족을 몽땅 데리고 빈손으로 이곳으로 이민 온 지 8년 만에 장만한 집이니 그로서는 자랑스러워할 만하다고 이진범은 생각했다.

뱀장어 가죽 제품 장사를 하며 어렵게 생활하는 김영수지만 이진범은 갑자기 그가 몹시 부러워졌다. 자신의 힘으로 가족을 먹여 살리는 김영수. 그는 한 남자로서 할 일은 다 하는 것 같았다.

나도 그럴 수 있다면! 나도 가족을 옆에 두고 내 힘으로 먹여 살릴 수 있다면! 떨어져 있는 가족이 한데 합칠 수만 있다면 행복해질 자신이 있었다. 아니, 그것 자체가 행복의 전부인 것 같았다. 행복하기 위해 더이상 아무것도 필요한 것 같지 않았다.

다음 순간 진미숙의 모습이 떠올랐다. 그는 가슴이 뻥 뚫리는 것 같았다. 미숙은 지금 무엇을 하고 있을까? 지금쯤이면 나를 완전히 잊어버렸겠지? 나와 같이 보낸 밤들을 추억으로나마 간직하고 있을까? 지금의 내 모습을 보면 미숙이 얼마나 나를 멸시할까? 이진범은 괴로운 듯 몸을 뒤척여 옆으로 돌아누웠다. 그를 괴롭히는 사념에서 빠져나와 잠이 오기를 간절히 바랐다.

'삐' 하는 자명종 소리에 이진범은 눈을 떴다. 자명종을 끈 후 눈이 아파 다시 눈을 감았다. 방문 밖 욕실에서 샤워하는 소리가 들려왔다.

이진범은 머리가 깨질 듯한 두통을 느꼈으나 침대에서 벌떡 일어나 주섬주섬 옷을 갈아입고 방을 나섰다.

"아래층에 커피 끓여놨어."

샤워를 끝내고 면도를 하고 있던 김영수가 소리쳤다. 층계를 내려가기 전 김영수의 열 살 된 딸의 방을 지나치면서 갑자기 서울에 있는 두 딸 진희·진미의 모습이 떠올랐다. 오늘도 우울함에서 벗어나기는 어려우리라는 느낌이 들었다.

새벽녘의 워싱턴 시가지를 빠져나가면서 이진범은 차창 밖으로 시선을 보냈다. 깊은 잠에서 채 깨어나기 전이라서인지 세계 최강국의 수도이자 세계 정치의 중심지라는 사실이 의심될 정도로 차분한 평온함을 유지하고 있었다. 그러나 그 평온함은 날이 밝으면서 정치가들, 외교관들, 그리고 흑인 빈민들에 의해 곧 깨어질 평온함으로 보였다.

아침나절에 정치가들과 외교관들이 지배하는 세계 최강의 수도는 오후가 되면서부터는 흑인 빈민들이 도시의 거리를 차지하고 앉아 세계의 평화와 인류의 행복을 부르짖는 세계의 정치인들을 마음껏 비웃게 되어 있었다. 그리고 저녁나절이면 도시는 둘로 나뉘어, 한쪽은 정치가와 외교관들이 고급 식당이나 바에서 귓엣말로 소곤소곤 음모를 꾸미고, 다른 쪽은 빈민들이 허름한 바와 난잡한 길거리에서 먹고 마시고 두드려 부수며 난장판을 벌이게 되어 있었다.

하지만, 하고 차창 밖으로 시선을 보내며 이진범은 마음속으로 흐뭇해하고 있었다. 지금 이 시간만은 착한 사람, 부지런한 사람, 외로운 사람, 고국을 등진 사람들이 도시의 일부를 차지하고 있음에 틀림없다. 바로 옆에서 운전을 하는 영수와 같은 사람들…….

"피곤하면 내가 운전할까?"

이진범이 김영수에게 물었다.

"걱정 마, 어젯밤 푹 잤어."

"내가 자기 전 얘기한 거 있지? 너하고 같이 일하는 거……."

이진범이 어물어물 말했다.

"그래, 생각해봤어?"

"내가 장부를 탈취한 죄의 공소시효가 7년이야. 그때까지는 귀국 못할 것 같아. 그래서 이곳에서 자리를 잡아야 할 것 같은데……. 나 혼자 뭐라도 할 수 있으니까 너하고 같이 일하겠다는 얘기, 너무 부담 갖지 마."

"네가 도와준다면야 나는 좋지. 한데 가족들은 이곳에 올 수 있대?"

"권혁배와 백인홍 사장이 노력하니 불원간 허가가 나올 것 같아."

"그럼 가족이 오게 되면 결정해. 그렇게 서두를 필요는 없잖아."

김영수가 말했다.

가족이 정말 올 수 있을까? 이진범은 입을 다물었다.

워싱턴을 떠난 지 1시간쯤 후 두 사람이 탄 더럽고 낡아빠진 미국식 봉고는 뉴저지 고속도로를 달리고 있었다. 봉고차 운전석 옆좌석에 앉아 이진범은 차창 밖으로 펼쳐지는 탁 트인 평원을 침묵 속에 바라보았다.

그의 시야에 비친 평원은 포근한 조국의 산야와는 달리 왠지 모르게 매우 황량해 보였다. 그러고 보니 미국에 와서는 어느 곳에 가나, 어디를 보나 포근하게 느끼기에는 모든 것들이 쓸데없이 너무 큰 것 같았다. 미국의 산야가 그러했고, 자동차가 그러했고, 건물 내부가 그러했고, 사람들의 체구가 그러했다.

그렇게 느껴지지 않을 때라곤 밀폐된 공간에 잘 아는 사람과 같이 있을 때뿐이었다. 김영수의 집 안에 들어섰을 때, 지하 사무실에 앉아 있을 때, 그리고 지금처럼 자동차 안에 친구와 같이 앉아 있을 때.

그것이 고국을 떠난 사람들의 외로움을 대변하는 것인가? 그런 외로움 속에서만 사람은 평범한 사랑의 소중함을 깨닫게 되는 것인가? 그렇게 해서 그들은 가족의 고마움을 아는 지혜를 터득하게 되는 것인가? 이진범이 창밖으로 보냈던 시선을 거두었다.

"영수야, 너 미국에 참 잘 왔어."

이진범이 불쑥 입을 열었다.

운전대를 잡고 있던 김영수가 이진범 쪽으로 고개를 돌려 빙긋이 미소 지은 후 다시 앞을 보았다.

"잘 왔다고? 솔직히 말할까?"

김영수가 말했다. 이진범이 의아해하며 그에게 시선을

보냈다.

"보기 싫은 꼴을 보지 않아도 되니 오긴 잘 왔지. 진범이 너 미국에 온 지 1년 반쯤 되나?"

이진범이 여전히 의아해하는 시선을 지우지 않은 채 고개를 끄덕거렸다.

"반년쯤 더 있어봐."

김영수가 말했다. 순간 과속으로 추월하는 대형 트럭 때문에 봉고차가 한쪽으로 밀렸다. 김영수가 깜짝 놀라 핸들을 힘주어 잡았다.

"모든 게 이런 식이야."

방금 추월한 대형 트럭의 멀어져가는 꽁무니를 따라가면서 김영수가 말했다.

"무슨 말이야?"

"우리들은 미국에서 지금처럼 항상 밀리며 살아야 돼. 너도 미국 생활 하다 보면 알게 될 거야. 처음 2년은 희망의 기간이고, 다음 2년은 갈등의 시기이고, 그다음 해부터는 자포자기의 인생으로 전락하게 돼 있어."

"세상이 바뀌었는데 그럼 귀국하지그래? 원하면 신문사에 복직할 수도 있을 텐데."

한국 사회의 경직성이 많이 완화되었으므로 김영수가 원한다면 신문사에 복직할 수도 있을 거라는 생각이 들어 이진범이 말했다.

"내가 미쳤어? 여기서 빌어먹는 한이 있어도 아직 젊은 한 귀국할 수는 없어."

"왜?"

"재산 한푼 없는 내가 지금 한국에 간다면 도둑질을 해야 돼. 그렇다고 장사를 할 능력도 없고."

"……."

"한국에 가서 신문사 들어가면 기자 월급이 얼마나 될 것 같아? 백만 원? 150만 원? 한국에선 1억 원을 단자회사에 예금하면 한 달에 이자가 백만 원이 훨씬 넘어. 내가 1억 원 가치도 안 된다는 얘기야."

"미국에서도 마찬가지 아니야?"

"여기서는 미국 놈들도 1억 원 벌기 힘들지만 그거 예금해봤자 세금 내고 나면 한 달 이자 수입이 30만 원 정도밖에 안 돼. 한국에선 살고 있는 아파트 값만 올라가도 간단히 1억 원 벌 수 있는데 말이야. 그러니 나같이 무일푼인 자는 이곳에 사는 게 편해. 같이 무일푼으로 입에 풀칠하기 바쁜 친구들과 사귀면서 살면 되는 거야."

"미국에 뭉칫돈 가지고 한국에서 이민 온 자들이 많지?"

털털거리며 뉴저지 고속도로 위를 달리는 미국식 봉고 차 속에서 이진범이 김영수에게 물었다.

"그 새끼들은 버러지들이야. 상종을 안 하면 되는 거야."

이진범은 입을 다물었다.

곧이어 휴게소 표지판이 나타나자 김영수가 모는 봉고 차는 휴게소 입구로 꺾어 들어갔다.

"여기서 기름 넣고 가지. 화장실에도 가고."

김영수가 말했다. 주유소 앞에 세운 봉고차에서 두 사람은 내렸다. 앞서가는 김영수를 따라 화장실로 가던 이진범은 김영수의 뒷모습에 시선을 주었다. 180센티미터가 넘는 키에 널찍한 어깨, 목덜미를 가리는 긴 머리, 젊은이를 연상케 하는 가는 허리, 몸에 달라붙는 진바지와 허름한 초록색 티셔츠. 뒷모습만으로는 어느 건장한 미국 젊은이와 다름없어 보였다. 그의 혁대 오른쪽에 걸린 덜렁거리는 열쇠 꾸러미만 없었다면…….

이진범은 몹시 안타까운 심정이었다. 자신은 스스로

저지른 실수로 회사에 부도를 내고 도망쳐온 몸이니 무슨 짓인들 못할까마는, 조금만 참았더라면 장래가 보장된 언론인으로 성장했을 텐데 덜렁거리는 열쇠 꾸러미를 허리띠에 차고 다니는 신세가 된 김영수가 몹시 안쓰러워 보였다. 두 사람은 화장실에 들렀다가 기름 탱크에 기름을 가득 채우고 나서 다시 차에 올라탔다.

"한숨 자. 어제 잠도 제대로 못 잤을 텐데."

차가 휴게소에서 빠져나와 다시 고속도로로 들어서자 김영수가 말했다.

"그래, 한숨 자고 나서 내가 운전할게."

이진범이 대답하곤 자리를 고쳐 앉으며 눈을 감았다. 차창을 통해 들어오는 따스한 가을 햇볕이 싫지 않았다.

그는 김영수가 방금 전 한 말을 반추해보았다. 무일푼으로 입에 풀칠하기 위해 바쁜 친구들과 사귀면서 산다는 말이었다. 이왕 이렇게 되었으니 영수와 자신은 그런 식으로 살아도 된다고 해도, 자식에게만큼은 좋은 미래를 만들어주어야 할 것 같았다.

"혁수는 커서 뭘 하겠대?"

이진범이 눈을 감은 채 김영수의 아들에 대해 물었다.

"그 자식 공부엔 별로 취미가 없나봐. 미국에서 모텔을 경영하겠대."

"월급쟁이보단 낫겠지. 어떤 모텔?"

"방이 한 20개 정도 되는 모텔이면 좋지."

"혁수한테 모텔 사주려면 너 고생깨나 해야겠구나."

이진범이 농으로 말했다.

"열심히 해야지. 교외에 있는 2백만 달러짜리 모텔이면 괜찮을 거야. 한 20만 달러만 있으면 30년 분할 상환으로 살 수 있지. 야 진범아, 내가 한 10년 뼈빠지게 일하면 그깟 20만 달러 못 모을까?"

"모아서 모텔 사게?"

"그래. 아들에게 모텔 사줘서 가족 먹여 살리라고 하고, 나는 나이 들어 한국에 가서 글이나 쓰면서 살면 좋지 않겠어?"

이진범은 가슴이 철렁해지는 후회를 맛보았다. 순간적인 실수로 김영수가 10년 동안 모으려는 돈의 몇 십 배를 내팽개친 자신이 야속했다. 그는 몸을 뒤척이다 서서히 잠에 빠져들어갔다.

꿈속에서 이진범은 어머니를 만났다. 슬픈 표정을 짓고 계시는 어머니를 대하자, 혹시 사업차 미국에 체류 중이라고 둘러댄 거짓말이 탄로난 것이 아닌가 마음이 조마조마했다. 어머니와 같이 사시는 이모는 무슨 소리인지는 모르나 자기를 꾸짖는 것 같았다. 어머니 옆에는 돌아가신 아버지가 앉아 계셨다. 아버지가 그에게 측은한 시선을 보낸 후, 아들을 꾸짖는 이모에게 화난 표정을 지어 보였다. 언제나 자기편인 아버지에게 '용서해주세요. 앞으로 가족을 잊지 않고 열심히 살겠어요'라고 말하고 싶었으나 말이 입 밖으로 나오지 않았다.

갑자기 어깨가 심하게 흔들리는 바람에 이진범이 눈을 떴다.

"꿈을 꾸었나? 잠꼬대를 해서……."

김영수의 목소리가 들려왔다.

"너무 오래 잤나?"

자리를 고쳐 앉으며 이진범이 아무 일도 아니라는 듯이 말했다.

"이제 뉴욕에 거의 다 왔어. 시내로 들어가기 전에 아침 겸 점심을 먹자. 스테이크를 잘하는 기사식당을 알고 있어. 값도 싸고."

얼마 후 그들은 대로변의 허름한 식당 앞에 차를 세웠다. 그들은 차에서 내려 식당 문을 열고 들어섰다. 떠들썩한 트럭 운전사들이 모여 있는 곳을 피해 조용한 구석 테이블에 자리를 잡았다. 테이블에 놓인 메뉴를 들여다보고 있으려니 50대로 보이는 뚱뚱한 백인 여자가 주문을 받으러 왔다. 그녀는 김영수가 스테이크와 마실 것을 주문하자 주문서에 받아 적을 뿐 입도 열지 않았다.

"서비스는 엉망이라도 스테이크 맛은 기가 막혀. 기다려봐."

무뚝뚝한 뚱보 여자의 뒷모습을 보며 김영수가 말했다.

곧이어 스테이크가 담긴 접시를 들고 뚱보 여자가 다시 왔다. 그녀가 접시를 탕! 하고 김영수 앞에 놓았다. 김영수의 표정이 싹 달라졌다. 또다시 탕! 하고 다른 접시를 이진범 앞에 놓았다. 그들은 갑자기 둘 다 벙어리라도 된 것처럼 무거운 침묵 속에 빠져들었다.

김영수가 스테이크 서너 조각을 먹다 말고 불만스러운 표정을 짓고서 나이프와 포크를 접시 위에 던졌다.

"웨이트리스, 이리 와봐요."

김영수가 뚱보 여자 쪽으로 고개를 돌려 큰소리로 불렀다. 뚱보 여자가 얼굴을 찡그리며 테이블로 다가왔다.

"빌어먹을! 이 스테이크 제대로 굽지도 않았잖아!"

김영수가 스테이크를 가리키며 말했다.

"너나 빌어먹어. 네가 미디엄 레어라고 했잖아?"

뚱보 여자가 대꾸한 후 되돌아갔다. 김영수가 분에 못이겨 씩씩거렸다. 그들은 침묵 속에 스테이크를 먹었다.

"너 먼저 나가 있어. 내가 계산하고 갈게."

식사가 끝나자 김영수가 일어서면서 말했다. 문 쪽에서 서성거리며 이진범은 계산대에서 계산을 하는 김영수를 바라보았다. 그곳에서 김영수가 스테이크를 가지고 온 뚱보 여자에게 지폐 몇 장을 건네주는 모습이 보였다. 곧이어 희한한 일이 벌어지기 시작했다.

김영수가 동전을 공중으로 던졌고 뚱보 여자가 떨어지는 동전을 얼른 두 손으로 받았다. 다시 한 번 김영수가 동전을 공중으로 던지자 뚱보 여자가 몸을 뒤뚱거리며 다시 받았다. 김영수가 또다시 동전을 공중으로 던졌으나 이번에 뚱보 여자는 그냥 멍하니 서 있었다. 다음 순간 갑자기 뚱보 여자가 손에 든 동전 두 개를 바닥에 힘껏 내동댕이쳤다. '이 개자식!' 하고 김영수에게 소리친 후 식당 뒤쪽으로 뛰어가는 뚱보 여자의 모습이 보였다.

그 순간 김영수가 출구로 뛰어오면서, '진범아, 차에 빨리 타'라고 외쳤다. 이진범은 식당 밖으로 나와 얼른 차에 올라탔다. 김영수가 급히 시동을 걸고 기어를 넣으면서 액셀러레이터를 밟았다. 차는 괴성을 지르며 쏜살같이 달려나갔다.

잠시 후 차가 제 속력을 내자 김영수가 사이드미러를 보며 파안대소를 했다. 이진범이 뒤를 돌아다보았다. 뚱보 여자가 식당 문 앞에서 쇠꼬챙이를 들고 씩씩거리고 있는 모습이 보였다.

"무슨 일이야?"

이진범이 물었다. 웃음을 떨쳐버리지 못하다가 김영수
가 입을 열었다.

"그년 우리 테이블에 접시 놓는 식으로, 내가 팁을 동
전으로 공중에 던져주었지. 멋모르고 두 번이나 받더군.
개처럼 말이야."

그는 다시 웃어젖혔다.

"그렇게 두 번 받고는 알아차린 모양이야. 나를 죽이
겠다고 뭔가 가지러 가기에 도망쳤지."

이진범이 웃기 시작했다. 봉고차 안에서 그들은 미친
듯이 웃어댔다.

6. 어떤 우정 : 이진범

- 백인홍에게 주식을 넘기고 모텔 인수자금 확보.
- 국회의원은 어느 나라나 '재선'이라는 신에 의해 움직이게 되어 있다. 재선이 되려면 국회의원은 해당 지역구 선거주민 다수의 정신적 수준과 비슷해지든지, 비슷한 것처럼 행동해야 한다.
- 인간의 모든 노력과 성취는 따지고 보면 옆 사람에 대한 시기심에서 나온다. 그러므로 우정은 시기심을 제공하는 데 그 중요성이 있다고 할 수 있다.

김영수가 모는 미국식 봉고차가 뉴욕 시의 외곽지대로 들어섰다. 어느 도시나 마찬가지이긴 하지만, 짧은 역사를 지닌 뉴욕의 외곽지대는 지칠 대로 지친, 흡사 허리가 구부정하고 이가 몽땅 빠진, 팔순 노인의 모습과 같았다. 뉴욕을 둘러싼 광활한 평야를 지나온 이진범의 눈에 그 도시는 평야가 끝나는 곳에 있는 쓰레기 하치장처럼 보였다.

뉴욕이 초강대국 미국의 경제 · 문화의 수도, 아니 한 걸음 더 나아가 세계의 경제 · 문화의 수도라는 사실이 믿어지지 않았다. 몰락해가는 자본주의의 표상이라고 해야 더 어울리는 것 같았다. 그럼에도 불구하고 도시의 거리는 독특한 활기에 차 있었다. 자유의 보이지 않는 힘이라고나 할까, 무질서 속의 질서라고나 할까?

세계의 인종 전시장인 양, 백인·흑인·남미인·동양인이 한데 어우러져 있는 도시의 거리는 살아서 힘차게 움직이고, 느슨한 오후의 햇볕 속에 벌써 한나절의 반이 지나고 있었다.

가게가 모여 있는 쇼핑센터 주차장에 차를 세운 김영수와 이진범 두 사람은 널찍한 주차장을 걸어나와 쇼핑센터 건물 안으로 들어섰다. 넓고 화려한 통로 양편으로 쭉 늘어선 상점 사이를 걸어가면서 앞서가는 김영수의 뒷모습에 이진범의 시선이 머물렀다. 서울 거리를 활보한다면 모든 사람의 선망의 대상이 되었을 김영수의 뒷모습이 이곳에서는 빛을 잃고 서글프게만 보였다. 39세의 젊은 나이에 청년 시절 품었던 모든 희망과 성취욕을 저버린 사나이……. 개골창에 처박힌 채 버려진 거대한 기중기를 연상시켰다.

그들은 잠시 걸어가다 액세서리 상품을 파는 가게로 들어섰다. 김영수는 금발의 여주인과 격의 없는 인사를 나눈 후 가게 구석으로 가 뱀장어 가죽 제품이 든 상자를 끄집어내 재고 파악을 하기 시작했다. 김영수는 주문을 촉진시키는 방편으로 재고 파악을 해준다고 했지만 과연 그렇게까지 할 필요가 있을까 생각하며 이진범은 진열된 물건을 둘러보고 있었다.

"킴, 상자 속에 있는 노란색 지갑은 팔리지 않으니까 반품하겠어요."

여주인이 김영수를 향해 소리쳤다.

"예스 맴, 그렇게 하지요."

김영수가 미소 지으며 대답했다.

재고 파악을 끝낸 김영수가 가게 주인에게 다가가 무언가 한참 설명을 하자 가게 주인은 고개를 저었다. 새로 나온 물건을 사라든지, 재주문을 하라는데 가게 주인이 거절하는 것 같았다. 김영수는 뱀장어 가죽 제품이 진열된 곳으로 가 물건 위에 쌓인 먼지를 털고 모양새 있게 배열을 바꾸었다.

"진열해놓으니까 아주 멋지게 보이는구나."

이진범이 그에게 다가가 말했다.

"그래? 뱀장어 가죽 제품이 한참 인기가 있었는데 대만 제품이 미국 시장에 쏟아져 나오는 통에 개판이 되는 것 같아. 가게 주인이 값 내리라고 지랄이야."

김영수가 서글픈 미소 속에 답했다. 그때 나이 든 백인 여자 고객이 다가와 뱀장어 가죽 제품을 만지작거리기 시작했다. 김영수가 이진범에게 나가자고 눈짓을 해 그들 두 사람은 가게를 나왔다.

"우리가 있으면 좋지 않아. 동양인이 있으면 싸구려 물건으로 취급한단 말이야."

가게 문을 나선 후 김영수가 말했고, 이진범은 어리둥절해했다.

"여기서 조금 기다려봐. 저 여자가 물건 사는지 보게……"

그들은 창문을 통해 가게 안으로 힐끔힐끔 시선을 보냈다. 뱀장어 가죽 핸드백을 진열대에서 꺼내 카운터 쪽으로 가지고 가는 백인 여자의 모습이 보였다.

"저거 하나 팔면 20달러는 남아."

김영수가 의기양양하게 말했다.

잠시 후 핸드백을 진열대의 제자리에 놓는 백인 여자의 모습이 보였다. 김영수가 풀이 죽은 표정을 지었다. 그들은 말없이 걸어가 차에 올라탔다.

차가 움직이면서부터 식당에서 보여주었던 김영수의 전매특허라고 할 수 있는 호연지기는 자취를 감추었다. 김영수는 말을 잃은 사람처럼 입을 꾹 다물고 있었다. 가족이란 참으로 무서운 존재라는 것을 이진범은 실감했다.

식당에서 무례한 웨이트리스에게 그가 행한 달콤한 복

수는, 가족과 관계없이 혼자만 당한 모욕이었기에 마음 내키는 대로 과감하게 대응할 수 있지 않았나? 반면 방금 가게에서 있었던 일은 자기 혼자만의 문제가 아니라 가족의 생계와 직접 관계가 있는 경제 문제이기 때문에 용기와 행동의 자유를 잃은 것이 아닌가? 가족이란 그토록 냉혹한 현실인가? 남자로부터 용기를 앗아가는 현실, 남자로부터 자유를 앗아가는 현실……

그러나 그것이 현실이라 하더라도 이진범은 현재 세상 무엇보다 자신이 가족을 간절히 원하고 있음을 알고 있었다. 과거 가족의 울타리에서 벗어나 그가 향유했던 용기는 무분별한 만용이었고, 그가 만끽했던 자유는 자신과 가족의 파멸만을 가지고 왔을 뿐이었다. 실수하는 것이 인간이라 하지만, 그가 저지른 실수로 인해 가족에게 입힌 상처가 너무도 컸다.

세월이 부지런히 흘러 자신이 온전한 상태에서 진희·진미를 시집보낼 수 있다면! 그럴 수만 있다면, 가족이 용기와 자유를 빼앗는 감옥 같다 하더라도, 가시밭 울타리라 하더라도, 설령 그것이 뛰어넘을 수 없는 높은 돌담이라 하더라도, 그 속에 평생을 갇혀 백발노인이 되어도 상관없을 것 같았다.

외곽지대에 위치한 가게 몇 군데를 더 들렀으나 가게 주인으로부터 좋지 않은 소식만 들었는지 김영수의 표정은 점점 더 침울해지기만 했다. 그들 사이의 무거운 침묵 속에 봉고차의 털털거리는 소리만이 엔진 소리에 섞여 차 안을 메우고 있었다.

오후 느지막이 그들이 탄 차는 뉴욕 중심부를 지나고 있었다. 내내 정면에만 시선을 주고 생각에 잠겨 있는 김영수에게 이진범이 말문을 열었다.

"뉴욕 시는 여러 지역으로 나누어져 각기 다른 종류의 사람들이 차지하고 있다면서? 웨스트사이드는 제멋대로 사는 사람들, 그리니치는 보헤미안들, 월가는 사업가들……. 내 마음대로 살 수 있다면 말이야, 나는 낮에는 월가에서 돈을 벌고, 저녁에는 웨스트사이드에서 멋대로 마시며 닥치는 대로 때려부수다가, 밤이면 그리니치에서 보헤미안 생활을 하겠어."

"그건 불가능해. 사람은 돈을 버는 재주든 쓰는 재주든 둘 중에 한 가지 재주만 가지게 돼 있어."

김영수는 마지못해 답하는 듯했다.

"그래? 그럼 영수 너는 어떤 재주를 가지고 있다고 생각하냐?"

"나는 돈을 버는 재주도, 쓰는 재주도 없어."

"그럼 넌 천재야. 버는 재주도 없고 쓰는 재주도 없으면서 멋지게 살고 있잖아!"

"내가 멋지게 살고 있다고?"

김영수가 놀라는 표정을 지었다.

"다른 사람에게 피해 안 주고, 혼자 힘으로 가족을 먹여 살릴 수 있으면 됐지 그 이상 어떻게 더 멋지게 살 수 있어?"

"지금 나 놀리는 거지?"

김영수가 짐짓 화난 체 이진범을 쳐다보았다.

"나를 봐. 나는 가족은 고사하고 나 혼자 몸도 건사 못하잖아."

이진범의 말에 김영수가 입을 꾹 다물고 정면으로 시선을 옮겼다. 그러나 그의 침울한 표정은 많이 풀려 이진범은 마음이 한결 가벼워졌다.

그러나 김영수가 지금 하는 뱀장어 가죽 제품 장사로만 그가 아들에게 남겨주길 원하는 모텔의 다운페이 액수 20만 달러를 모으기는 현실적으로 불가능한 것처럼 보였다. 자신에게 그만한 돈이 있어 얼른 빌려주면 얼마나 기분이 좋을까!

그러나 '돈이 있다면'이라는 전제는 한갓 사치스러운 비현실적인 가정이라는 것을 이진범은 곧바로 깨달았다.

관대함이란 참으로 이상한 것, 짝을 잃은 후에야 좀더 깊은 애정을 표시하지 않았음을 후회하는 노인의 마음처럼, 베풀 수 있을 때는 베풀 생각을 하지 않다가 베풂이 불가능해지면 베풀기를 원하는 것이 그 속성인 것 같았다.

  이진범과 김영수가 탄 차가 타임스퀘어에 들어섰다. 낮의 밝음이 완전히 내쫓기기도 전에 타임스퀘어는 네온 사인으로 휘황찬란한, 그야말로 때 이른 불야성을 이루고 있었다. 뉴욕은 기지개를 켜기 시작하면서, '자, 너희들 인간이 이곳의 밤거리에서 어떻게 살아남는지 두고보자. 이곳에서 살아남을 수 있으면 세계 어디서든 살아남을 수 있을 테니까 말야'라고 지껄이며 우쭐대고 있는 듯했다. 타임스퀘어를 지나는 순간 이진범은 갑자기 이곳에서 네 시간 거리에 있는 워싱턴까지 혼자서 돌아가기가 몹시 싫어졌다.
  "영수야, 부탁 하나 하자."
  이진범이 김영수를 향해 고개를 돌리며 불쑥 말했다.
  "뭔데? 말해봐."

"나하고 같이 혁배 만나자. 그 친구, 큰소리는 빵빵 쳐도 동창들한테 국회의원이라고 그렇게 위세 떨지도 않고, 네 말마따나 입만 뻥긋하면 몇 백만 달러를 지껄이지도 않아."

"너 혼자 만나. 내가 한국에서 온 정치가나 고급 관리, 부자 친구들을 싫어해서가 아니야. 그 친구들 만나 같이 떠들다보면 이 짓 해서 가족 먹여 살리는 나 자신이 한심하게 느껴져서 그래."

김영수가 풀이 죽어 말했다.

"그럴 필요 없어. 권혁배는 야당 의원이야. 거기다 운동권 출신이고……. 나 혼자 기차 타고 워싱턴에 돌아가기 싫어서 그래."

"그래? 그렇다면 여기다 널 버리고 갈 순 없겠네."

김영수가 미소를 지어 보였다.

이진범은 적이 마음이 놓였다. 뉴욕 거리가 아무리 험악하다 해도 친구와 나란히 앉아 있는 봉고차 속은 몹시 아늑하게 느껴졌다. 갑자기 험악하고 지저분한 거리에 정이 갔다. 이진범은 차창 밖에 시선을 꽂아두고 있었다.

권위적이고 가식적인 서울 거리와 달리 뉴욕의 지저분한 거리에는 어떤 겸손함과 순진함이 묻어 있었다. 그렇다고 서울 거리가 항상 거만하고 위선에 차 있는 것은 아니라고 이진범은 다음 순간 생각을 바꾸었다. 서울 거리도 겸손하고 순진한 모습을 드러낼 때도 있을 것이다.

새벽 동틀 무렵, 지저분한 서울 거리를 청소하는 환경미화원의 구부정한 어깨 위로, 그리고 호텔 문을 빠져나와 고개를 숙이고 빠른 걸음으로 걸어가는 여자의 섬세한 어깨선 위로 겸손과 순진함이 흘러내린다. 그때쯤이면, 나이트클럽에서 밤샘을 한 젊은 남녀들이 부스스한 모습으로 눈을 비비며 해장국 집으로 들어서며 지난밤의 무모한 열정을 후회하고, 혼자가 된 외로운 노인들은 물통을 들고 약수터에 나가면서 먼저 가버린 짝 생각을 하게 된다.

그때는, 적어도 그때만큼은 정치가들의 권모술수에서 벗어나, 군인들의 군홧발 소리에서 벗어나, 장사꾼들의 탐욕에서 벗어나, 근 6백 년 동안의 조상의 슬기가 배어 있는 도시의 면모가 엿보일 것이다. 이진범은 그런 도시가 갑자기 그리워졌다.

"늙어서는 그래도 서울에서 살아야지?"

이진범이 말했다.

"물론이지, 미쳤다고 여기서 살아?"

김영수가 무슨 엉뚱한 질문을 하느냐는 듯 말했다.

"서울에 돌아가면 무얼 할 건데?"

"말했잖아, 글을 쓰고 싶다고."

"무슨 글을?"

"박정희 시대의 권력자들의 비리를 샅샅이 파헤칠 거야. 그래야지만 내 자식들이 이민 온 나를 이해할 수 있을 테니까."

여느 때의 행복하고 활기에 차 있는 그의 겉모습과는 달리 영수도 미국 이민 생활에 한이 맺혀 있음에 틀림없었다.

"이 근처에 한국 음식점 없냐?"

이진범이 침울한 분위기에서 벗어나보려고 대화를 바꾸었다.

"차이나타운에 가서 중국 음식이나 먹자. 한국 음식점에 오는 놈들은 배고파서 온다기보다 잘난 체하러 오는 놈들 같아. 문간에 들어서면서부터 떡 버티고 서서 식당 안을 두리번거리는 꼴이 보기 싫어."

김영수의 말에 이진범은 아무 대꾸도 하지 않았다. 좀 더 밝은 대화로 바꾸려 해도 김영수가 응해주려고 들지 않았다.

가게 몇 곳을 더 들른 후, 그들은 차이나타운으로 향했다. 그곳 음식점에서 김영수는 만두수프, 마파두부, 가재소스를 곁들인 새우요리와 밥 세 공기를 시켰다. 이진범은 메뉴를 보며 재빠르게 음식가격을 따져보았다.

총계 22달러 50센트. 어떻게 하면 김영수의 기분을 상하지 않게 하면서 자신이 지불할 수 있을까? 이진범은 궁리를 했다.

"영수야, 멋진 말이 쓰여 있는 '포춘 쿠키'를 집은 사람이 저녁값을 내는 걸로 하면 어떨까?"

"좋았어."

김영수가 승낙했다. 그들은 만두수프를 맛있게 먹은 후 이어져 나오는 마파두부와 새우와 밥을 큰 접시에 적당히 섞었다. 그곳 식당에서는 음식을 다 먹을 때까지 문간에 떡 버티고 서서 '내가 누군지 알지?' 하는 식으로 위압적으로 실내를 둘러보는 사람을 만나지 못했다. 김영수의 말대로 젊은 남녀들이 삼삼오오 짝을 지어 조용히 들어와서는, 조용히 말하고, 조용히 먹고, 조용히 웃다가, 조용히 나갔다.

포춘 쿠키가 계산서와 함께 나오자 그들은 한 개씩 집었다. 그들은 똑같이 쿠키 속에 든 쪽지를 꺼냈다.

"너부터 읽어봐."

이진범이 말했다.

"좋은 친구가 나타나 곤경에 처한 그대를 구해줄 것이다."

다 읽은 김영수가 이진범을 쳐다보았다.

"억만장자가 될 날이 다가오니 걱정 말아라."

이진범이 읽은 후, '내가 이겼어'라고 말하며 계산서를 집었다.

"어디 한번 보자."

"볼 필요 없어. 보여주면 행운이 달아나."

이진범이 자리에서 일어나 계산대로 향했다. 계산을 끝내고 층계를 내려오면서 이진범은 자신의 쪽지에 적힌 말을 속으로 되씹어보았다. '여자에게 원한을 살 짓을 하지 말지어다.' 쿠키 속에서 나온 것이긴 하지만 가슴이 섬뜩했다. 그 순간 진미숙의 모습이 그의 머릿속에 그려졌다.

다음 순간 그는 고개를 저었다. 아마 지금쯤 자기를 완전히 잊어버리고 전 남편인 이성수 교수와 재결합하여 행복한 결혼생활을 하고 있거나, 대학에서 학생들을 가르치며 만족스러운 생활을 하고 있을 것이었다. 그러한 진미숙의 모습이 눈에 선했다.

김영수와 이진범은 맨해튼에 위치한 최고급 호텔인 플

라자 호텔의 어두침침한 바의 한구석에 마주 보고 앉아 있었다. 유엔 대사관저에서 저녁식사를 하고 있는 권혁배와 통화하여 그가 투숙하고 있는 호텔 바에서 만나기로 한 시간에서 벌써 40분이 지나고 있었다. 권혁배가 나타나면 김영수가 꼭 한마디 쏘아붙일 것 같아 이진범은 마음이 조마조마했다.

이진범은 초조한 마음으로 입구 쪽으로 고개를 돌렸다. 순간 그는 심장이 멎는 듯한 충격을 받았다. 입구 쪽 테이블에 앉아 있는 한 여인의 뒷모습이 그의 눈에 비쳤기 때문이었다. 그는 얼른 고개를 돌렸다. 어깨까지 늘어뜨린 긴 머리, 아담한 어깨, 눈에 익은 깃이 큰 트렌치코트……. 진미숙의 뒷모습과 너무나 닮아 보였다.

그가 기억하고 있는 진미숙의 뒷모습은 항상 담담한 안쓰러움, 어설픈 서글픔, 그리고 짜릿한 외로움을 그의 가슴속에 자아내곤 했다. 그리고 그것은 그에게 항상 헤어짐의 마지막 순간을 의미했다. 헤어질 때 걸어가는 그녀의 뒷모습을 보았기 때문일까? 이진범은 얼굴이 화끈 달아오름을 느꼈다. 동시에 그는 한심한 생각이 들었다. 천리만리 떨어진 외국 도시의 호텔 바에서 본 어느 여인의 뒷모습에 현혹되어 진미숙의 생각에 빠져 있다니!

이진범은 그를 사로잡고 있었던 진미숙의 생각에서 빠

져나오고 싶었다. 그 여인이 진미숙일 까닭이 없으니, 다시 뒤를 돌아봐 방금 전 본 여인이 진미숙이 아니라는 것을 눈으로 확인만 하면 될 것 같았다. 그는 뒤를 돌아보려다 멈칫했다. 혹시라도 그녀일지도 모른다는 그 짜릿하고 달콤한 상상을 좀더 오래 간직하고 싶었다. 진미숙이 남긴 마지막 말, '당신을 절대로 잊지 못할 거예요'라는 말이 그의 가슴속에서 울려퍼졌다.

생각에 잠겨 있던 이진범은 용기를 내어 입구 쪽으로 고개를 돌렸다. 다행히 그곳에는 진미숙의 금세 허물어질 듯한 애처로움이 아닌, 미국에 사는 동양여자 특유의 건방짐이 있었다. 동시에 그가 있는 곳으로 걸어오는 권혁배의 모습이 보였다.

"어, 아니 이게 누구야? 영수도 나왔네. 오랜만이야. 이 사장, 늦어서 미안해. 동료 의원들이 대사한테 쓸데없는 질문을 늘어놓는 바람에 말이야……. 그냥 혼자 빠져나올 수도 없고."

김영수의 시선이 곱지 않았다. 권혁배가 웨이터를 불러 두 사람에게 묻지도 않고 스카치를 가져오라고 했다. 김영수가 상을 찡그렸다.

"혁배, 너 요즘도 처녀 따먹는 게 취미냐?"

김영수가 드디어 가시 박힌 말을 내뱉었다.

"야! 임마, 니가 서울 처녀 다 따먹고 처녀들 등쌀에 못 이겨 미국으로 도망쳐온 걸로 아는데 서울에 처녀가 남아 있기나 하겠냐?"

권혁배가 미소 속에 되받았다.

"처녀들은 해마다 줄지어 나오는 거 아냐?"

김영수가 다시 덤덤하게 말했다.

"야, 영수야. 나 이제 국회의원 집어치워야겠어. 요새는 기자들 눈이 무서워서 처녀도 못 건드리겠단 말이야."

권혁배가 심각한 체 말하자 그때서야 김영수는 미소를 지었다. 웨이터가 술을 가지고 왔다. 세 사람이 술잔을 부딪쳤다.

"혁배야, 너 요새 거물이 되었다면서…….''

김영수가 미소 속에 말했다.

"거물 좋아하네. 늙은 여우 가방 들어주는 게 거물이냐?"

"늙은 여우가 누군데?"

이진범이 대화에 끼어들었다.

"이번에 우리 당 원로하고 같이 다니고 있어. 허 참, 내가 창피스러워서…….''

"무슨 일이 있었어?"

160

한숨을 쉬는 권혁배에게 이진범이 물었다.

"말도 말아. 그 친구 캘리포니아에서 포드 전 대통령을 만났을 때 말이야, 두 손으로 포드의 손가락 끝을 잡고 90도로 허리를 구부리는 거야. 무슨 왕이나 만나는 것처럼 말이야. 이렇게……."

권혁배가 자리에서 일어나 흉내를 내자 두 사람은 웃었다.

"그것뿐이라면 그래도 봐주겠어. 자기가 뭘 안다고 하버드 대학의 코헨 교수와 라이샤워 교수를 꼭 만나야 한다고 대사관에다 대고 성화를 부리더라고. 근데 막상 만나서는 어쨌는지 알아? 교수가 얘기하는데 듣지도 않고 교수 손을 꽉 붙잡고 대사관 직원에게 사진만 찍어대라는 거야. 선거구민에게 보여줄 홍보물에 싣겠다는 거지. 그 교수들이 우리를 속으로 뭐라고 생각했겠어? 나 참 한심해서……."

권혁배는 잠시 목을 축이더니 다시 말을 이었다.

"알아주는 미국 상원의원들도 만나봤는데 말이야. 그 친구들 완전히 장사꾼이더구먼. 우리들 만나가지고는 다른 것에는 관심조차 보이지 않고 자기 출신 주(州) 소재 회사들의 물건 판매에만 혈안이 되어 있어. 국내시장을 개방하라느니, 공정 경쟁을 하라느니 별의별 상술을 다

부리고······. 야, 미국 정치가들은 왜 그 모양이니?"

권혁배가 김영수에게 물었다.

"그게 정치가들이 해야 하는 일이지, 딴 게 뭐가 있어? 그게 바로 선거구민 도와주는 거 아니야? 그럼 한국 정치인들처럼 고자세만 취하고, 장사하는 사람들을 정치자금이나 대주고 따리 붙이는 사람으로 얕봐야 해?"

김영수가 톡 쏘았다.

"그게 아니라 그래도 양국 정치 지도자들이 만났으면 대화 내용이 알맹이가 있어야지. 물건 팔 생각만 하니 말이야."

권혁배가 말했다.

"미국 친구들 눈에는 한국이 미국상품 시장으로밖에 보이지 않을지 모르지."

김영수가 말했다.

"무슨 얘기야. 지금 세계평화가 가장 위협받는 곳이 바로 중동과 한반도야."

"그건 행정부의 안보 전문가들이 걱정할 일이고. 자기들 의무는 한국에서 온 국회의원들을 대상으로 자기들 물건 파는 세일즈맨 역할을 하는 거라고 생각하겠지."

"정말 그럴까?"

권혁배가 납득이 가지 않는다는 표정을 짓자 김영수가

말을 이었다.

"지금 세계가 무슨 전쟁을 하고 있는 줄 알아? 총칼 없는 경제전쟁이야. 한국에서 노사간 문제로 노동자들의 동요가 있을 때, 이곳 친구들은 인권이니 뭐니 떠들지만 속으로는 그게 아니야. 대통령 선거 당시 한 후보가 뭐라고 말한 줄 알아? 미국 노동자의 생산성이 낮은 게 아니고 한국 노동자의 임금이 낮아서 미국이 경쟁에서 지고 있으니 어떻게든 한국 노동자의 임금이 올라가게 한국 노동자들의 인권을 보장해야 한다는 거야. 다 꿍꿍이 속이 있는 거야."

김영수의 말을 의미심장하게 듣고 있던 권혁배가 국내 경제 문제를 들고 나왔다.

"영수야, 내년에도 우리나라가 무역 흑자를 기록할 수 있을까? 빌어먹을! 1986년에 건국 후 처음으로 흑자로 돌아서더니 관리 놈들이 과다한 외화 보유고가 가장 큰 문제라며 제3세계에 원조를 하자고 떠들어대는 판이니…… 이러다가 내년에는 또다시 무역 적자가 되는 거 아니야?"

"왜 관리들에게 책임을 물어? 정치인들이 문제야."

"야당은 문제가 아니야. 노태우가 선거 전에 급하니까 중간평가 선거를 하겠다고 국민에게 공약을 했는데 표를 빼앗길까봐 두 손 놓고 관망만 하기 때문에 그런 거야."

권혁배도 지지 않고 자기 의견을 개진했다. 잠시 침묵이 흘렀다.

"진범아, 가족 생각 많이 나지?"

권혁배가 물었다.

"괜찮아. 편지도 자주 하고 전화도 하니까…… 너한테 너무 미안해서……."

이진범이 나직이 말했다.

"미안하긴. 조금만 더 기다려봐. 어제는 내가 부탁해서 같이 출장 온 원로가 외무부 장관하고 법무부 장관한테 직접 장거리 전화를 했어. 그러니 너희 가족들이 여권과 비자를 곧 받을 수 있을 거야."

그들 사이에 잠시 침묵이 흘렀다. 김영수가 화장실에 간다고 자리를 비웠다.

"백인홍 사장이 청천물산의 주식을 사겠대."

권혁배가 이진범에게 불쑥 말했다.

"무슨 얘기야?"

부도가 나 거의 쓸모도 없을 자기 회사의 주식을 인수하겠다는 말이 믿어지지 않아 이진범이 다시 물었다.

"청천물산의 총 주식 값이 액면가로 2억 원이라면서? 백 사장이 미화로 25만 달러에 인수하겠대."

"아무 쓸모도 없을 텐데……."

이진범이 의아해하는 표정을 지으며 말했다.

"자기 회사가 아닌 다른 회사의 명의가 필요한가봐. 그 친구 다 이유가 있을 테니까 그건 걱정 말고……. 아무래도 수년간은 미국에 있어야 되니 백 사장에게 신세는 나중에 갚도록 하고, 백 사장 제안을 받아들여."

"나야 좋지만 백 사장이 너무 손해를 보는 것 같아 미안한데……."

"자, 그럼 합의된 걸로 하고…… 백 사장이 곧 이 사장한테 달러를 송금해줄 거야."

이진범은 얼떨떨했다. 김영수가 지난밤에 한 말, 쥐구멍에도 볕들 날이 있다는 말이 떠올랐다. 이거야말로 기대하지도 않았던 행운이 굴러들어온 셈이었다. 문득, 중국 식당에서 김영수가 쿠키에서 뽑은 쪽지에 쓰여 있던 말이 떠올랐다.

'좋은 친구가 나타나 곤경에 빠진 너를 구해줄 것이다.'

그렇다, 바로 그것이다. 착한 친구를 도와주라고 하늘이 나에게 행운을 가져다준 것이다. 영수가 원했던 모텔을 사는 거다. 25만 달러면 다운페이도 충분하다. 같이 모텔을 경영하며 가족을 기다리는 거다. 아! 영수가 알면 얼마나 좋아할까! 이진범은 가슴이 뿌듯해왔다.

"권 의원, 내가 한국을 떠나기 전 알려준 진성구 사장에 대한 정보는 어떻게 도움이 되었어?"

이진범은 권혁배가 방금 한 제안을 철회할까봐 얼른 대화를 바꿨다.

"아, 내가 말하지 않았나? 도움이 되었지. 우리 선거구에 공장을 건축했어. 그런데 진 사장 여동생이······."

권혁배는 말끝을 맺지 않았다.

"진 사장 여동생이 어떻게 되었는데?"

이진범이 깜짝 놀라 물었다.

"아니야. 아무것도 아니야······. 진 사장 여동생이 지금 시카고의 노스웨스턴 대학에서 공연 중인 연극의 연출을 맡았다는 말을 들었어······."

권혁배가 어물어물 말하며 전화를 걸고 오겠다고 자리에서 일어났다. 이진범은 시어스 백화점의 바이어와 만나기 위해 다음날 시카고로 가게 되어 있음을 상기했다. 순간 진미숙과 함께했던 시간들이 그의 눈앞에 아른거렸다.

그녀와의 사랑이 서울 변두리 싸구려 호텔방에서 이루어졌다는 점이 못내 아쉬웠다. 호텔방은 비싸고 싸고와는 상관없이 언제나 자연과는 벽을 쌓고 있게 마련. 그 속에서는 계절에 따른 여심(女心)의 변화를 느낄 수 없었다. 언제나 텁텁한 기계에서 불어내는 공기로 가득한 밀폐된 공간인 호텔방에서 그들은 만났고, 사랑을 했고, 그리고 헤어졌다.

아! 그녀와 호텔방 안이 아니고 자연 속에서 보낼 수만 있었다면! 봄·여름·가을·겨울 사계절을 한 번만이라도! 그는 마음속으로 자연 속에서 이루어졌을 둘만의 만남을 상상하기 시작했다.

유채꽃이 만발한 한라산 등성이, 바다에서 불어오는 훈훈한 봄바람을 맞으며 산을 오르는 그녀의 뒷모습······ 뒤를 돌아다보며 생긋이 웃는 그녀의 가지런한 흰 이는 인생의 순진함일 것이다. 호수처럼 잔잔한 동해안의 어느 한적한 여름철의 해변에서 바닷물에 몸을 깊숙이 담근 그녀가, 이제 우리는 우주의 일부분이 되었어요, 라고 말할 때 그녀의 모습은 인생의 행복함일 것이다. 높고 높은 서울의 가을 하늘을 머리 위에 두고 창경궁 담벼락을 끼고 거닐 때 사색하는 그녀의 모습은 인생의 심오함일 것이다. 그리고 눈보라치는 서울의 밤거리에서 '잘 가세요'라고 말하면서 짓는 그녀의 미소는 인생의 서글픔, 그 자체일 것이다.

"혁배 어디 갔냐?"

김영수가 자리에 앉으며 하는 소리에 이진범은 공상에

서 얼른 빠져나왔다.

"전화 걸고 오겠다고 했어."

"그 친구도 빠듯한 스케줄에 시달릴 텐데 우리 이제
그만 나가지."

김영수가 말했다.

"그럴까? 권 의원이 오면 일어서자."

권혁배가 자리로 돌아오자 그들은 곧 헤어졌다.

워싱턴으로 돌아오는 차 속에서 이진범은 기쁜 마음으
로 들떠 있었다. 그것은 실로 오랜만에 느껴보는 흥분된
감정이었다. 권혁배의 말을 액면 그대로 받아들인다면
머지않아 가족이 미국에 올 수 있을 것이고, 또 백인홍이
청천물산 구입비로 보내준다는 25만 달러면 김영수가 얘
기한 모텔을 구입할 수 있을 것이다. 그러면 남에게 굽실
거리지 않고도 두 가족의 생활 터전은 마련할 수 있을 것
같았다. 운전대를 잡고 있는 이진범은 옆 좌석에서 곤히
잠든 김영수를 보며 단단히 결심을 했다. 앞으로 남은 인
생 동안 욕심 내지 않고 가족을 돌보며 그 사랑 속에 평
범한 생활을 하겠다고. 그것만이 행복하게 살 수 있는 방
법 같았다. 다른 사람들은 이미 다 알고 있는 사실을 왜
나는 여태 몰랐을까? 이진범은 헤드라이트가 비춰주는
아스팔트 도로 위에 시선을 주며 답을 찾으려고 했다.

7. 몸부림치는 사람들 : 진성구

- 레저산업 확장을 위한 맹렬한 사업 추진.
- 한국의 노조는 한국경제 발전에 세 가지 중요한 역할을 한다. 첫째, 중산층 형성에 도움을 준다(중산층이 형성되지 않는 사회는 안정성이 없다). 둘째, 오너가 업무에 충실하도록 한다. 오너의 목적은 2세의 경영권 승계이므로 자신이 열심히 일하지 않으면 그것이 불가능하다는 것을 알고 있다. 셋째, 토종 두뇌의 해외기업으로의 유출을 막는다. 해외기업이 쉽게 국내로 상륙하여 토종 두뇌를 빼가는 것이 힘들기 때문이다(물론 과격한 이데올로기에 기반을 둔 노조가 아니라는 가정하에서……).
- 대화 상대자 외에 타인이 대화를 엿듣는 것은 언어의 폭행이고, 허락 없이 타인의 몸을 접촉하는 것은 육체의 폭행이다. 이것을 모르면 일인당소득이 아무리 높아도 여전히 후진국 국민이라 할 수 있다.

월요일 아침 9시 5분, 대하실업의 진성구 사장은 널찍한 회의 탁자 양편에 앉은 대하실업 생산·경리 담당 중역 여덟 명과 함께 아버지 진 회장을 기다리고 있었다. 진성구는 기분이 언짢아 있었다. 어제 저녁 골프장 사업 관계로 아버지와 의견 충돌이 있었던 이유도 있지만, 그것보다는 사흘 전 공연차 미국으로 떠난 미숙이 서울에 한 번도 연락을 취하지 않았다는 사실이 마음에 걸렸기 때문이었다.

회의실 문이 열리자 진규식 회장이 들어섰다. 진성구를 비롯하여 여덟 명의 중역들이 동시에 일어나 진 회장에게 목례를 했다.

진 회장이 회의 탁자 중앙에 위치한 자리에 앉자마자 회의실 불이 꺼지고, 탁자 위 중앙에 놓인 환등기에서 발산한 도표가 벽면의 스크린 위에 비쳐졌다.

"그럼 지난 1개월 동안의 품목별 생산 및 출하 사항부터 보고드리겠습니다."

환등기 옆에서 슬라이드의 타이틀을 펜으로 가리키며 공장장인 이원대 전무가 말했다.

"도표에서 보시다시피 생산량은 전 품목을 통틀어 평균적으로 지난해의 같은 달보다 9퍼센트 떨어졌으며, 지난달보다 7퍼센트 떨어졌습니다. 그 주된 원인으로는 첫째, 원·부자재 수급에 차질이 있었으며 둘째, 진행 중인 노조와의 임금 협상이 순조롭게 진행되지 않은 관계로 직원들의 동요에 따른 생산성 하락, 셋째……."

진성구는 이 전무의 보고를 듣는 둥 마는 둥 하며 한숨만 내쉬었다. 들으나마나 뻔한 얘기, 한마디로 모든 게 개판이었다. 먹고, 마시고, 두드려 부수고, 떠들어대고…… 민주주의가 무언지 이렇게 나가다가는 머지않아 나라 전체를 들어먹을 판이니, 너 좋고 나 좋은 것이 민주주의라면 누군들 못하겠는가!

"그럼, 다음으로 품목별 생산 실적을 보고드리겠습니다."

이 전무가 환등기 위의 슬라이드를 바꾸어놓으며 말했다.

"첫 번째 슬라이드를 다시 놓으시오."

진 회장이 명령했다. 진성구는 첫 번째 슬라이드를 다시 얼른 올려놓는 이 전무에게 시선을 보냈다.

"도표에 의하면 전 품목 생산량이 평균적으로 지난해 같은 달에 비해 9퍼센트가 떨어졌다고 했는데, 품목별 가중치를 감안해 계산된 거요?"

진 회장이 물었다.

"감안하지 않았습니다. 20개 주요 품목의 단순 평균치입니다."

이 전무가 말했다.

"가중치를 감안하면 어떻게 되는 거요?"

진 회장이 다시 묻자 이 전무는 새로운 슬라이드를 찾아 올려놓았다.

"가중치를 감안하면, 전체 생산량은 출하가로 따져 13퍼센트가 감소했습니다."

"불 켜시오."

진 회장이 소리쳤다. 회의실 문 옆 의자에 앉아 열심히 메모하고 있던 구 비서가 얼른 일어나 스위치를 올렸다. 캄캄하던 방이 갑자기 환해지면서 스크린 위의 도표가 빛을 잃었다.

"여러분한테 한 가지 물어보겠소."

회의 탁자 양편에 앉아 있는 중역들을 둘러보며 진 회장이 엄숙한 표정으로 다시 말문을 열었다.

"임금은 금년에 20퍼센트가 올랐고 지급이자액은 줄어들지 않았는데, 생산에 차질이 생겨 외형만 13퍼센트 줄면 회사 재정은 어떻게 될 것 같소?"

진 회장이 낮은 목소리로 말했다. 회의실 안 분위기가 착 가라앉았다.

"진 사장, 사장이 한번 대답해보시오."

옆에 앉은 진성구를 턱으로 가리키며 진 회장이 말했다. 마른침을 꿀꺽 삼키고 진성구가 입을 열었다.

"난관에 봉착할 것이 틀림없습니다. 회사 내부의 힘으로…… 전 사원이 일치단결하여 난관을 뚫는다는 각오 없이는 회사의 장래는…… 매우 위태롭습니다. 그러므로……."

진성구가 어물어물 말을 이어나갔다.

"그따위 추상적인 얘기를 하자는 게 아니야. 구체적으

172

로 어떤 행동을 취해야 하는지 말해보라는 거야."

진 회장이 목소리를 높였다. 진성구가 머뭇머뭇하자 진 회장이 다시 소리쳤다.

"다들 정신이 틀려먹었어. 너무 안일해. 중역이면 회사 일에 사활을 걸고 운명을 같이할 각오가 되어 있어야지. 지금은 전쟁이야. 죽느냐 사느냐, 생사 문제가 걸려 있단 말이야. ……다들 내 말 잘 들으시오. 당장 공장으로 내려가 노사 임금 협상부터 해결하란 말이야. 지금이 어느 때라고 탁상공론이나 하고 있어……."

진 회장은 탁자를 손바닥으로 탁 내려치고 자리에서 벌떡 일어나 회의실을 나갔다.

진성구는 기분이 몹시 상했다. 중역들 앞에서 자신에게 모욕을 주는 아버지가 섭섭하다기보다 야비하다는 생각이 들었다. 오래전부터 뻔히 알고 있는 일을 가지고 아버지가 오늘따라 트집을 잡는 이유를 그는 알고 있다. 어제 저녁 아버지 집으로 불려갔을 때, 며칠 전 골프장 허가가 정식으로 난 것을 알고 당신 앞으로 내놓으라고 은근히 압력을 가하는 아버지에게, 오랜만에 면전에서 그렇게 할 수 없다고 대들었던 것이다.

그룹 내의 일관성 있는 사업 다변화를 위해 골프장 사업을 회사에 귀속시키라는 아버지 말에, 레저 산업을 독립적으로 확장·발전시키기 위해서는 원래 자신이 계획했던 대로 골프장 사업을 자신의 관할하에 두어야 한다고 단호하게 주장했었다. 부자가 겉으로 내세운 이유는 별 의미가 없고, 이심전심 서로가 서로의 속마음을 훤히 들여다보고 있었던 터였다.

그건 그렇다 치더라도, 임금 협상부터 해결하라는 아버지 명령을 무시할 수도 없었다.

"노사간 임금 협상이 지금 어떻게 진행되고 있습니까?"

진성구가 공장장 이 전무에게 물었다.

"합의하려면 좀더 시간이 걸릴 것 같습니다."

"문제가 뭐예요?"

"받아들일 수 없는 조건인 줄 뻔히 알면서 노조 측에서 협상 조건으로 내세우고 있는 것이 바로 생산부서 간부직원 임명 동의안입니다."

이 전무가 말했다.

"그럼 노조에서 경영에도 참여하겠다는 말 아니에요?"

"간부직원 임명 동의안은 지역노조에서 부추기는 것으로, 실제로 얻어내자는 것보단 윗조직의 눈치를 보기 때문인 것 같아요. 외부세력의 개입이 문제입니다. 외부세력만 간섭하지 않으면 근본적으로 큰 문제가 없다고 봅니다."

"도대체 외부세력이란 누구요? 그들의 근본 목적은 뭡니까?"

진성구가 이 전무에게 다그쳐 물었다.

"한마디로 좌경세력이 주축을 이루고 있습니다. 근본적으로 노동세력을 이용해 사회를 혼란에 빠뜨리자는 거겠지요."

"그럼 정부에서도 그 점을 알고 있지 않겠소. 왜 제삼자 개입을 막지 않습니까?"

"정부에서는 대통령의 중간 신임 투표가 걸려 있어 노동자들의 반감을 살 일은 하지 않으려고 합니다."

이 전무가 한숨 속에 말했다.

"그럼 금년에도 노조원들이 공장을 점령하는 사태가 발생한다는 거요?"

진성구가 역정을 내었다.

"금년에는 거기까지는 가지 않을 것 같습니다."

"무슨 근거로요?"

"지난 1년 동안 공장의 간부 사원들이 노조 간부들과 가깝게 지내서 노조 기세가 많이 누그러졌습니다."

"어떻게요?"

진성구가 따지듯이 물었다.

"간부 사원들이 노조 간부들을 술좌석에 자주 초대하고 노조 간부들의 관혼상제에 발벗고 나서는…… 뭐 그런 것이지요. 회사 업무는 포기하는 일이 있어도 그 일만은 철저히 실행하라고 했습니다."

공장장의 말에 진성구가 다시 신경질적으로 물었다.

"간부들만 문제가 아니고 밑바닥 여공들도 문제가 아니오?"

"여공들에게도 최선을 다하고 있습니다. 한 달에 한 번 정도씩 부서별로 불고기 파티를 열어주고, 끝난 후에는……."

말끝을 흐리며 이 전무가 피식 웃었다.

"얘기를 끝내세요."

"요새는 간부들이 불고기 파티가 끝나면 마지막으로 여공들을 '가라오케' 집까지 데리고 가야 합니다."

진성구가 후, 하고 한숨을 내쉬었다. 방 안에 있는 중역 모두가 어이없다는 표정을 짓고 있었다.

"지난해 휘발유통을 들고 컴퓨터실에 들어가 불을 지르겠다던 직원이 아직도 회사에 근무하고 있소?"

"아직 있습니다."

이 전무가 우물쭈물 대답했다.

"왜 해고하지 않았소?"

"……."

"경찰에서 그런 놈을 그냥 방치한단 말이오?"

진성구가 목소리를 높였으나 중역들은 고개를 숙이고 침묵만 지켰다.

"구 비서, 기획실 차장 불러."

진성구의 갑작스런 지시에 중역들이 의아해하는 표정을 지었다.

"미국에서는 1920~30년대 노동쟁의가 심했을 때 어떻게 했나 알아봅시다. 진 차장이 미국에서 경영학을 전공했으니 잘 알 거요."

중역들의 의아해하는 표정이 놀라움으로 변했다. 황무석만이 의미 있는 미소를 머금고 있었다. 회사 중역들 앞에 진성호 차장의 재목 됨됨이를 노출시키자는 것이 진성구의 진짜 의도라는 것을 황무석은 알아챘다.

진성호 차장이 회의실에 들어섰다.

"진 차장, 우리가 여기서 노조 문제에 관해 토의하고

있었는데 정보가 필요해서 오라고 했어요."

비어 있는 자리에 앉는 이복동생 진성호에게 진성구가 물었다.

"다름이 아니라, 작년에 노사쟁의가 발생했을 때 한 직원이 휘발유통을 들고 컴퓨터실을 점령한 거 알고 있지요? 미국에선 이런 경우 어떻게 대처합니까? 과거 20~30년대 미국에서 노동쟁의가 심했을 때 어떻게 대처했나요?"

진성호는 헛기침으로 목을 가다듬고 자세를 바로잡았다.

"1920~30년대 미국의 노동쟁의는 지금의 한국보다 더 심했습니다. 대부분 지식인들의 전폭적인 지지를 얻었고, 아울러 사상 논쟁도 활발한 때였으니까요."

진성호가 서두를 꺼내었다.

"그러나 방금 사장님께서 말씀하신 것과 같은 상황이 일어난다는 것은 그 당시 미국으로서도 전혀 상상할 수 없었습니다."

중역들을 죽 둘러본 후 그는 계속해서 말했다.

"법의 정신은 공정함입니다. 노동법도 예외가 될 수 없습니다. 따라서 근로자 측에 단체협약권을 주는 것은 당연합니다. 그래야지만 조직적인 자본가 측과 공정한 협상이 가능하니까요. 그런데 그런 평준화된 상황에서 협상이 이루어지지 않을 경우에 대비해, 법은 양쪽에 동등한 무기를 주었습니다. 노조 측에는 '파업' 즉 스트라이크라는 무기를 주었고, 자본가 측에는 '직장 폐쇄' 즉 록 아웃(lock out)이라는 무기를 주었습니다. 그래서 노조 측의 파업에 대항해 자본가 측은 직장 폐쇄를 하게 됩니다. 노동자가 일하기를 거부하면 자본가 측은 공장 문을 닫고 노동자들이 못 들어오게 하는 거지요."

"근로자가 공장 내에 무단진입하면 어떻게 대처했습니까?"

누군가가 질문을 던졌다.

"미국 대통령의 취임 선서문 첫머리에 '국민의 생명과 재산의 보호'라는 대통령의 의무 조항이 있습니다. 대통령이 국민의 재산을 보호해주어야지요. 그래서 직장 폐쇄가 선언되면 재산 파괴의 위험이 있을 경우 무장경찰을 파견해 파업자의 공장 진입을 막아주었습니다."

진성호의 설명은 거침이 없었다. 진성구는 진성호의 그런 태도가 왠지 못마땅했다.

"미국의 예에 관한 진 차장의 설명은 그만하면 됐고…… 지금 우리나라의 노사 대립에 대해선 어떻게 생각해요?"

진성구가 질문을 던졌다.

"한마디로 무정부하의 자본주의 체제의 붕괴, 기존 산업의 초토화입니다. 이건 데모크라시(democracy)가 아니고 데모크레이지(demo crazy)라고 어느 외국 신부가 말하지 않았습니까?"

건방진 놈, 하고 진성구는 속으로 뇌까렸다. 제까짓게 무얼 안다고, 기껏 강의실에서 주워들은 쪼가리 지식 몇 마디를 감히 누구 앞이라고 주절대고 있으니……. 진성구는 같잖다는 표정을 지었다.

"우리 회사 입장에선 어떻게 대처해야 좋겠습니까?"

진성호의 말을 경청하고 있던 이 전무가 물었다.

"노조 측에서 극한투쟁을 할 각오가 되어 있고, 또한 노조 지도부는 다른 외부 조직과 연계돼 막강한 조직력을 구사하고 있으니 경영 측에서도 여기에 필적할 만한 힘을 길러야 한다고 생각합니다."

"진 차장, 그래서 어떻게 하겠다는 말이오?"

진성구가 불쾌한 음성으로 말했다.

"경영 측에서도 이러한 막강한 노조의 조직을 유화시킬 수 있는 전문가를 초빙해 협상보다 파괴, 안정보다 혼란을 추구하는 노조의 일부 세력을 와해시키는 방법을 택해야 할 줄 압니다."

"진 차장, 노조세력을 와해하는 전문가란 게 결국 깡패 아니오? 그건 아주 위험한 생각이오. 언론이 알면 가만있지 않을 거요. 여기는 1920~30년대의 미국이 아니오."

진성구가 짜증을 냈다.

"미국은 아니지만, 같은 자본주의 국가 아닙니까? 이해가 상충하는 두 개의 조직, 즉 사용자와 노동자 간의 협상이란 힘의 시위를 거치지 않고는 타협이 안 되게 돼 있습니다. 힘이 센 쪽이 유리한 고지를 점령하게 되지요."

진성구는 자리에서 벌떡 일어났다.

"딴 사람들은 어떻게 생각하는지 몰라도 나는 진 차장 의견에 전적으로 반대요. 진 차장 말대로 했다간 더 큰 혼란이 올 거요."

진성구가 회의실을 나갔다. 회의실은 쥐 죽은 듯이 조용했다. 진성호가 침묵을 깼다.

"사장님 생각이 그러시다면 우리도 따라야 되겠지요."

진성호가 여유 있는 미소 속에 중역들을 둘러보며 말했다.

"그리고 급히 중역진의 동의를 구할 사항이 있습니다."

진성호가 잠시 사이를 두었다가 다시 입을 열었다.

"다름이 아니라, 미국 LA 지점에서 그동안 심각한 경리 부정이 있어왔다는 정보가 들어왔습니다."

순간 황무석 이사의 입가에 미소가 스치고 지나갔다.

"아직 백 퍼센트 확실한 정보는 아닙니다만, 지체 없이 현지에 가 정보를 확인해야 한다고 생각합니다."

"사장님의 의견을 들어봐야 하지 않을까요?"

좌중의 한 중역이 의견을 개진했다.

"오후에 제가 직접 말씀드리지요. 그리고 오늘 저녁 비행기로 저와 박인태 상무님이 미국으로 떠나야겠습니다."

움찔하는 박인태 상무를 곁눈질한 후 진성호가 말을 이었다.

"이현식 지점장을 보호하기 위해서라도 이 소문이 바깥으로 새나가기 전에 확인 절차를 거치는 것이 절대 필요하다고 생각합니다."

중역 모두가 잠잠했다.

"박 상무님, 어떻게 생각하십니까? 상무님이 경리에 관한 한 총책임자이시니 상무님 의견을 듣고 싶습니다."

진성호가 박인태에게 시선을 주며 말했다.

"저야 뭐, 사장님 의견에 따라야지요."

"그럼 사장님이 반대하지 않으신다면 박 상무님과 제

가 오늘 저녁 LA로 떠나는 걸로 하겠습니다."

회의실 안은 물을 끼얹은 듯이 조용했다.

"그럼, 저는 이만 물러가겠습니다."

진성호는 자리에서 일어나 이 전무를 향해 목례를 한 후 회의실을 나섰다.

───◆───

회의실을 나온 진성구는 곧바로 차를 호출해 우병선 의원과 권기수 장관과의 점심 약속 장소로 향했다.

뭐 어쩌고 어째? 노조를 깨기 위해 깡패를 동원한다고? 회사 정문을 나서는 차 속에서 진성구는 코웃음을 쳤다. 아무것도 모르는 놈이 주책없이 지껄여대기는! 그렇지 않아도 지금 노조 지도부와의 관계가 살얼음 위를 걷는 판인데……. 조금 전 회의실에서 무슨 중대한 연설이라도 하듯 지껄이던 진성호의 모습을 떠올리니 기가 찼다. 그래도 노조 측과의 극한투쟁을 면하고 있는 이유가, 권혁배 의원의 도움을 받아 노조 지도부와 은밀한 협조 관계를 유지하고 있기 때문인 줄도 모르고 제멋대로 떠들어대는 진성호가 답답하다 못해 어리석게 보였다.

반년 전, 경제적·지리적 여건도 좋지 않았고, 또 회사로서도 시기적으로 꼭 필요하진 않았으나, 소규모의 노동 집약형 공장을 권혁배 선거구에 건축함으로써 권혁배와의 애당초 약속을 지키게 된 것은 아주 잘한 일이라는 생각이 들었다. 권혁배가 그 공장의 노조가 과격행동을 하지 않도록 자기 일처럼 적극 앞장서고 있으니, 겉보기에는 얼렁뚱땅 덜렁대기만 하는 정치꾼처럼 보여도 의리는 지키는 사람 같았다. 더군다나 여차하면 말썽을 일으킬지 모르는 야권 실세 중진의원들과 친분을 맺는 데 가교 역할까지 성의껏 하고 있으니 금상첨화라 할 수 있었다.

진성구는 골프 회원권이 한 장씩 들어 있는 흰 봉투 두 개를 꺼내 내용물을 확인했다. 그는 천만 원짜리 보증수표 한 장을 지갑에서 꺼내 봉투에 집어넣고 봉투 귀퉁이를 접었다. 우 의원에게 갈 봉투를 표시해놓기 위해서였다. 예전부터 3개월에 한 번씩 전해주는 봉투라 천만 원이 결코 적은 액수는 아니지만 우 의원이 선거구 관리하는 데 워낙 자금이 많이 들 터이니 큰 금액이라고 할 수도 없었다.

진성구는 아직까지도 뇌물을 전하러 갈 때는 초등학교

시절 숙제를 하지 않고 학교에 갈 때처럼 항상 마음이 찜찜했는데 오늘만큼은 하늘을 나는 기분이 들었다. 공사가 시작될 골프장의 회원권을 공짜로 받고 좋아할 우병선 의원과 권기수 장관의 표정이 떠올랐고, 또 그들과 같은 거물들이 회원으로 들락거릴 골프장의 위상 정립을 음미할 수 있었기 때문이었다. 누이 좋고 매부 좋다는 말은 이런 경우를 두고 하는 말 같았다.

카폰이 울리자 기사가 전화를 받았다.

"진 차장님 전화입니다."

카폰을 진성구에게 건네주면서 기사가 말했다.

"사장님, 접니다. 급히 결재 받을 일이 있어서요."

진성호의 말이 들려왔다.

"무슨 일이야?"

"오늘 저녁 박인태 상무와 LA로 출장을 가야 할 일이 생겼습니다. 이현식 지점장의 거래 관계에서 석연치 않은 점이 발견되어 즉시 확인할 필요가 생겼습니다."

이런 미친놈이 있나! 진성구는 한숨을 내쉬었다. 이현식 지점장이 나와 가깝다고 그를 제멋대로 의심해? 박 상무까지 데리고 가겠다니……

"니가 알아냈으니 니 멋대로 해."

진성구는 수화기에다 대고 소리를 꽥 질렀다.

"어디에 계시는지 제가 찾아뵙고 자세히 설명드리겠습니다."

잠시 사이를 두었다가 진성호의 목소리가 전화선을 타고 다시 들려왔다.

"오늘은 시간이 없어."

진성구는 수화기를 내동댕이치듯 내려놓았다. 제까짓게, 설마 내 허락 없이 오늘 오후에 LA로 떠나진 못하겠지, 하고 자위하며 그는 차창 밖으로 시선을 보냈다.

잠시 후 그는 가든호텔 정문 앞에 정차한 차에서 내렸다. 층계를 올라가 일식집으로 들어서자 지배인이 그를 얼른 알아보고 구석진 방으로 안내했다.

"네 사람이 아니고 세 사람 예약했는데……."

방안에 네 자리가 준비되어 있었으므로 지배인에게 말했다.

"경제민주화연구소에서 방금 전 전화를 주셨습니다. 한 사람 자리를 더 준비해놓으라 해서요."

"그래요? ……우 의원님과 권 장관님 오시거든 이리 안내해드리고…… 오늘 점심에는 뭐가 좋을까?"

"좋은 광어가 들어왔습니다."

"양식한 거 아니지?"

"양식한 거라고 봐야지요. 양식한 게 싫으시면, 참복

어가 있는데요. 오늘 아침 제주도에서 비행기로 왔습니다. 회로 드시고, 샤브샤브로도 드시지요."

"그걸로 하지."

"그럼 준비하겠습니다."

지배인이 나가자 진성구는 문 쪽 자리에 앉았다. 한복을 입은 아가씨가 고개를 숙이고 들어와 물컵과 물수건을 테이블 위에 놓았다.

"권 장관이 이곳에서 자주 식사하시나?"

권기수 장관이 정한 장소이므로 아가씨에게 물었다.

"네, 점심식사 때 자주 오시지요."

"누구하고 자주 오셔?"

"대중없어요. 국회의원님이나 장관님들…… 사업하시는 분들도요."

아가씨의 대답이 별로 도움이 되지 않았다.

아가씨가 나간 후 그는 권 장관이 또 누굴 초청했는지 잠시 추측해보았다. 우병선 의원이 막강한 권력자의 사촌동생이니 그와 점심을 같이할 정도면 적어도 장관 나부랭이 정도는 돼야 할 것 같았다.

그렇지 않아도 개각이 임박해 있다는 풍문이 시중에 심심찮게 나도는 때인지라 권 장관이 이때다 싶어 길길이 뛰고 있을 것이 불을 보듯 뻔했다. 혹시 경호실장이 아닐까?

경호실장이 권 장관의 연구소 개소식에 참석한 걸로 보아 둘의 친분 관계를 짐작할 수 있는데, 아무래도 경호실장을 초대한 것 같았다. 역시 권 장관은 두고두고 장관을 해먹을 수 있을 만큼 순발력이 있는 사람이라는 사실을 부정할 수 없었다. 경호실장과 우 의원을 묶으면 경제부처 장관 자리는 이미 떼놓은 당상이라는 결론이 나오기 때문이었다.

그건 그렇다손 치고, 경호실장과 우 의원, 두 사람과 동시에 자리를 같이할 기회라는 게 쉽지 않은데, 나도 이 기회를 어떻게 잘 이용할 방법이 없나? 진성구는 앞에 놓인 물을 마시며 자신에게 질문을 던졌다.

그는 얼른 자리에서 일어나 방 안에 있는 전화기의 버튼을 눌렀다. '사장실입니다' 하는 구 비서의 말이 들려왔다.

"구 비서, 난데…… 지금 골프장 회원권 한 장을 봉투에 넣어 나한테 가지고 와. 가든호텔 일식부에 있으니 로비에 와서 나한테 연락하고."

"회원님 성명은 누구로 할까요?"

"그냥 비워둬."

"알겠습니다. 지금 곧 떠나겠습니다."

188

그는 전화를 끊고 다시 자리에 앉았다. 이런 자연스런 기회가 오기도 쉽지 않으니 이 기회에 경호실장에게 골프장 회원권을 안겨주는 것이 좋을 것 같았다.

"손님 오셨는데요……."

문이 살그머니 열리면서 아가씨가 말하자 권 장관의 모습이 나타났다.

"어, 진 사장, 일찍 왔구먼."

"방금 전에 왔습니다. 우 의원님 말고 또 한 분 오신다지요?"

"어, 내가 이성수 교수를 연락이 되면 부르라고 했어. 우 의원이 지난 보궐선거 기간 중 연설문을 써준 이 교수도 점심을 같이했으면 좋겠다고 해서."

"아, 그래요. 저도 오랫동안 보지 못했는데 마침 잘됐군요."

말은 그렇게 했지만 한 사람 더 온다더니 그게 경호실장이 아니고 이성수라는 사실에 적이 실망이 되었다. 더구나 진성구는 될 수 있는 한 이성수와 동석을 하지 않는 편이 나을 것 같다고 생각해왔기에 마음속으로 찜찜했다. 학교 동창이면서 여동생 미숙의 전남편이라서 껄끄러운 점도 있지만, 이성수의 독설이 날이 갈수록 심해지면 심해졌지 수그러들 줄 모르니, 뭐 주고 뺨 맞는다고 밥이나 술 사주고 가시 박힌 말을 들을 이유가 없었기 때문이었다.

마지막으로 만난 지가 벌써 1년이 지났으니 그 사이 어떻게 변했는지는 몰라도 그 빌어먹을 놈의 술버릇이나 말버릇은 변해 있을 것 같지 않았다. 더군다나 1년 전 마지막으로 만났을 때가 여동생 미숙이 자살을 기도한 직후였던지라, 그를 향해 연약한 여자를, 자식의 어머니를 살인하려고 한 쓰레기 살인미수자라고 자신이 호되게 퍼부었기 때문에 그와의 만남이 어색하게 느껴졌다.

물론 미숙의 자살 기도는 이성수 때문이 아니라 이진범이라는 못된 놈 때문이었지만, 이혼을 하지 않았으면 애초에 이진범이라는 자의 유혹에 넘어가지 않았으리라는 것이 그의 판단이었다.

"이성수 교수, 요새 마음을 좀 잡았습니까?"

권 장관이 안쪽 자리에 앉자 진성구가 슬쩍 물었다.

"마음을 잡긴…… 점점 더 심해지는 것 같아. 지난 1년 동안 연구소에 잘 나타나지 않더니 한 달 전부터는 아예 출근도 안 하더군. 그 친구 일 시켜보면 머리는 참 좋은데 말이야."

그때 권 장관을 찾는 전화가 왔다고 아가씨가 알려주었다. 권 장관이 수화기를 들었다.

"여보세요…… 지난 한 달 동안이나? ……확실해? 어디 있는지 아무도 모른대? ……계속 수소문해봐."

권 장관이 전화를 끊은 후 걱정스런 표정을 지었다.

"무슨 일입니까?"

진성구가 물었다.

"이성수 교수가 한 달 전에 하숙집에서 나간 뒤 소식이 없대. 지금 어디 있는 줄도 모르고……. 이성수 교수 혹시 이북에 간 거 아냐?"

"무슨 말씀이세요?"

"안기부 직원한테서 들었는데 이 교수가 귀국한 후부터 은밀하게 재야 과격 세력의 정신적 지주 노릇을 해왔다는 거야."

술과 빈정댐으로 세월을 보내고 있는 줄 알았던 이성수가 그랬다니! 진성구는 권 장관의 말을 믿을 수 없었다. 그러나 이성수가 한 달 동안이나 행방불명 상태라는 사실에 걱정이 되었다. 혹시나 이성수가 미숙의 자살 기도 때문에 공연히 자살이라도 했다면………, 그래도 그자가 조카의 아버지인데…… 일이 잘못되면 미숙이가 자기를 원수로 대할지도 모르는 일이었다.

아가씨가 또다시 들어와 권 장관에게 전화가 왔다고 알려주자 권 장관이 수화기를 들었다.

"여보세요…… 네, 접니다."

권 장관은 잠시 동안 상대방의 말을 듣고 있었다.

"괜찮습니다. 할 수 없지요, 뭐."

권 장관이 전화를 끊었다.

"우 의원이 오늘 아침부터 청와대로 불려가 있는데 그곳에서 점심을 해야 한다고 연락이 왔대."

권 장관이 말했다.

"잘됐습니다. 권 장관님과 둘이서 오붓하게 참복을 포식하지요 뭐."

진성구는 마음속으로 정말로 잘되었다고 생각했다. 우 의원이 안 오는데 권 장관에게 골프 회원권을 줄 필요가 없을 것 같았다. 우 의원이 왔으면 없어졌을 골프 회원권 두 장, 경호실장이 왔으면 없어졌을 것까지 도합 석 장이 고스란히 남은 셈이었다.

8. 끈질긴 연정 : 진성구

- 사랑을 위해 영화계로 입문.
- 세계에서 천재가 가장 많이 모이는 곳이 영화계다. 영화는 2010년경부터 스마트폰 사용도, 사용 숙련도와 더불어 한 국가의 선진화를 가늠하는 척도가 되었다. 그리고 유튜브는 인터넷 시대 영화의 후손으로서 유튜브라는 매체를 얼마나 잘 이용하느냐가 한 국가의 생산성을 결정하는데, 그 생산성이야말로 경제발전의 핵심이다.
- 남녀간의 사랑에는 뚜렷한 차이가 있다. 여자는 같은 것을 더 많이 원하고, 남자는 변화를 더 많이 원한다.

여의도 광장에서 또 무슨 데모가 벌어지고 있는지, 마포대교 위에 멈춘 채 전혀 움직이지 않는 차 속에서 진성구는 괴로워하고 있었다. 방금 전 가든호텔 일식집에서 권기수 장관과 단둘이 참복 요리에 곁들여 마신 위스키가 낮술이라서 그런지 그의 몸속에서 기승을 부리기 시작했다. 요즘 직장인들 사이에 낮술이 유행한다더니, 자신이 그 짝이 된 꼴인 것 같아 진성구는 한심한 생각이 들었다.

요즘 세태가 직장에서 농땡이 친다고 쫓아낼 만큼 용기 있는 상사도 없고, 일 열심히 해봐야 동료들로부터

눈총만 받을 게 뻔할 정도로 사회 전체가 개판으로 돌아가고 있으니, 저녁에 음주운전을 하기보다는 낮에 술을 즐기는 게 상책이라고 생각하는 직장인들을 탓할 수도 없는 것 같았다.

문득 모두가 멋대로 마시고 지껄이는 꼴이 누구를 꼭 닮아가고 있다는 느낌이 들었다. 이성수 교수가 바로 그 사람이었다. 순간 이성수가 지난 한 달 동안 행방불명이라는 사실이 상기되자 진성구는 몹시 걱정이 되었다. 워낙 엉뚱한 짓을 밥 먹듯 하는 사람이라 울컥하면 한밤중 한강다리 위에서 능히 뛰어내릴 수도 있다는 생각이 들었다. 그래도 그 인간이 하나밖에 없는 조카의 아버지라는 생각이 들자 그냥 모르는 체할 수가 없었다.

누구한테 알아보면 좋을까? 하고 잠시 생각해보았다. 이혜정이 떠올랐다. 1년 전 마지막으로 만난 후, 어떤 고통이 뒤따르더라도 다시는 보지 않으리라고 단단히 결심을 했던 터라 이성수의 안부 때문이긴 하지만 전화 걸기가 선뜻 내키지 않았다. 그러나 다른 방법이 떠오르지 않았다.

그는 카폰을 들어 버튼을 눌렀다.

"이혜정 씨 댁이지요? ……지금 계시는지요? ……알겠습니다. 방송국으로 해보지요……. 진성구라고 전해주십시오."

그는 방송국의 전화번호를 눌러 대학 선배인 송기억 상무를 찾았다.

"송 선배님, 저 진성굽니다. 다름이 아니라 부탁이 있어서요……. 이혜정 씨가 지금 녹화하러 방송국으로 갔다고 하는데 이혜정 씨를 급히 만날 일이 있어서요……. 스튜디오에 들어갈 수 있도록 해주십시오. ……네, 30분 후에 로비로 가겠습니다."

그는 전화를 끊고 기사에게 방송국으로 가자고 이른 후 몸을 뒤로 젖히고 눈을 감았다. 이성수 때문에 혜정을 만나는 것이지만 이성수 생각은 온데간데없이 사라지고 어느새 혜정이라는 여자가 그의 머릿속을, 그의 가슴속을, 그리고 그의 눈과 귀 모두를 차지하고 있었다.

그는 한 여자의 슬픈 표정을 상상하고 있었고, 또 한 여자의 격정을 느끼고 있었고, 다른 한 여자의 절묘한 나신을 보고 있었으며, 또 다른 한 여자가 몸부림치며 내는 환희의 소리를 듣고 있었다. 그들 모두가 혜정이라는 여자의 분신이었다. 그리고 그것들 모두가 아직까지도 그가 미치도록 그리워하는 것들이었다.

진성구는 여의도 텔레비전 방송국 건물 현관 앞에 도착한 차에서 막 내려섰다. 현관을 들어서자 붉은색 글씨로 쓰인 대자보로 가득 메워져 있는 벽과 마주쳤다. 그는 벽 쪽으로 다가가 방송국의 노조 집행부 명의로 된 대자보를 띄엄띄엄 읽기 시작했다. 시정잡배들의 입에 오르내리기에도 뭣한 단어들을 구사하며 방송국 사장을 공격해놓은 대자보를 읽으며 그는 아찔했다. 세상이 온통 증오로 부글부글 끓어 곧 폭발할 듯한 느낌이 들어서였다.

그는 대자보에서 눈을 떼 손목시계에 시선을 주었다. 약속 시간보다 15분 일찍 도착했다는 것을 알았다. 그는 로비에 놓인 비닐의자에 앉아 유리벽 밖으로 시선을 보냈다. 모든 것이 변했는데 그래도 1년 전과 변하지 않은 것이 있다면 그것은 서울의 가을 날씨인 것 같았다. 오후의 가을 날씨만이 서두르지 않는 여유, 촐랑대지 않는 의젓함을 그대로 간직하고 있었다.

그러나 그런 변함없는 가을 날씨에도 불구하고 서울은 1년 사이에 놀랍게 변해 있었다. 선한 사람 대신에 악에 받친 사람들이 지배하는 도시로, 이성(理性)보다 수(數)의 힘이 지배하는 도시로, 무질서가 질서를 압도하는 도시로, 그리고 건설보다 파괴를 즐기는 도시로…….

앞으로 서울은 또다시 어떻게 둔갑을 할까? 하는 의문이 진성구의 머릿속에 자리를 잡았다. 그로서는 예측할 수가 없었다. 활활 타오르는 장작더미 위에 끓는 기름으로 가득 채워진 가마솥 하나가 그의 머릿속에 떠올랐다. 이대로 가다가는 머지않아 가마솥은 산산조각이 나고, 끓는 기름이 서울이라는 도시를 한순간에 덮칠 것 같았다. 그리고 그곳에 사는 사람들의 몸은 끓는 기름 속에 튀겨져 흉측하게 쪼그라들 것 같았다.

그렇지 않아도 그의 몸은 이미 쪼그라들고 있었다. 그리움 때문에, 과거 때문에, 한 여자 때문에, 이혜정이란 여자 때문에……. 순간 1년 전 몹시 싸늘했던 어느 날, 혜정이 못 견디게 그리워 방송국 정문 길 건너편 플라타너스 나무 뒤에 숨어 있던 술 취한 자신의 모습이 머릿속에 그려졌다.

이혜정이 방송국을 나오다 그를 발견하고 그에게 다가왔다. 다가온 그녀에게 그가 먼저 말했다. 같이 걷고만 싶다고……. 그들은 침묵 속에 가로수 밑을 걸었다.

"나…… 혜정을 사랑하는 것 같아, 잊을 수 없을 정도로."

혜정이 의아해하는 표정으로 그를 힐끔 본 후 다시 걸어갔다.

"나는 한 여자만…… 사랑할 수 있는 사람인지도 모른

다는 생각이 들었어…… 혜정이만을."

그가 머뭇거리며 말했다.

"장담하지 마세요. 아직 일러요."

이혜정이 앞만 보고 걸으며 담담하게 말했다.

"아니, 그동안 곰곰이 생각한 결과야."

"한발 늦었어요. 이미 제 마음을 정했어요."

"누구와? 이성수와?"

그녀는 침묵을 지켰다. 싸늘한 가을바람만이 나뭇잎을 흔들어놓았다.

"혜정은 성수와는 맞지 않아."

그녀가 발길을 멈추었다.

"왜요?"

그녀는 옆에 있는 진성구를 빤히 쳐다보며 대답을 기다렸다.

"그냥…… 그냥…… 성격도 그렇고…… 그리고…… 그리고……."

진성구가 더듬거렸다.

"그리고 육체적으로도 맞지 않는다는 말이지요?"

이혜정이 진성구의 말을 이어주었다.

"나는 성욕의 화신이고, 성수 씨는 고매한 선비라는 거지요?"

198

진성구가 어이없어하자 이혜정이 다시 덧붙였다.

"그렇지 않아요. 틀렸어요. 성수 씨는 상처입어 울부짖는 늑대고, 저는 만신창이가 된 여우예요."

"그건 어리석은 자학이야."

"저한테 남은 권리는 자학밖에 없어요. 그것마저 빼앗으려고 하지 마세요."

이혜정이 찬바람을 일으키며 뛰어갔다. 뛰어가는 그녀의 뒷모습을 보며 그는 결심했다. 무슨 짓을 해서라도, 세상 구석구석을 다 뒤져서라도 그녀보다 나은 여자를 찾으리라고.

그러나 그녀의 불에 달군 듯한 몸과, 그녀의 애처로움을 띤 미소는 세상 어디에서도 찾을 수 없었다. 그리고 그녀가 몸으로 내지르는 탄성은 그의 귀에 들릴 듯 들릴 듯했으나 결코 들리지 않았다. 그의 결심은 절망으로 바뀌었다.

진성구는 이혜정과의 헤어짐이 가져다준 절망감에서 벗어나려고 한동안 발버둥쳤고, 스스로 도우려는 자는

하늘이 돕는다고, 시간이 지나면서 해답을 얻었다. 그녀를 향한 그리움에 견딜 수 없었을 때를 가만히 돌이켜보면 그 무엇보다도 그녀의 육체를 갈구했을 때라는 것을 확인한 것이 그것이었다. 그는 자신이 생겼다. 그녀보다 더 젊고, 그녀보다 더 아름답고, 그녀보다 더 상냥하고, 그녀보다 더한 사랑의 기교를 가진 여자를 어렵지 않게 찾을 수 있을 것이라 확신했고, 실제로 그는 그동안 그런 여자를 한 명도 아니고 여러 명 찾을 수 있었다.

그런데 이상한 일은 그때부터 일어났다. 더 젊고, 더 아름다운 여자들의 몸을 거치면 거칠수록 혜정을 향한 그리움이 그의 가슴속에서 더욱더 기승을 발하는 것이었다. 처음 얼마 동안 진성구는 그것이 단순히 마흔 살이 다 된 남자의 향수 비슷한 것이려니 하며 별로 신경을 쓰지 않았고, 곧 새로운 여자가 나타나면 자신이 느꼈던 향수를 비웃게 되리라 믿었다.

하지만 시간이 지나도 그녀를 향한 그리움을 떨쳐버릴 수 없었다. 그는 생각을 바꾸어 자신에게는 혜정처럼 지적인 여자가 필요하다는 결론을 내렸다. 그는 혜정보다 더 지적이고, 혜정보다 더 아름다운 여자를 찾아냈고, 그 여자를 위해 성심성의껏 모든 것을 바쳤다. 그 여자의 사랑을 얻기 위해서라기보다 혜정에 대한 그리움을 지우기 위해서였다.

그러나 그것 역시 실패로 돌아갔다. 그리고 혜정이 더욱더 그리워졌을 때에야 비로소 그는 혜정을 향한 자신의 감정이 사랑일지도 모른다는 생각이 들었다. 그제야 그는 자신의 마음을 안정시킬 수 있었다. 그것이 진정 사랑이라면 사랑하는 사람의 행복을 바라야 하는 것이 도리인 것 같았다. 또한 그녀와의 사랑은 자신의 인생에서 마지막 사랑일 것이고, 그렇다면 그 마지막 사랑을 훼손되지 않은 아름다운 추억으로 간직하고 싶었다. 그는 혜정과 이성수에게 마음속으로나마 축복을 해주었다.

하나 그 일은 거기에서 끝나지 않았다. 그가 마음속에 고이 간직하고 싶어했던 추억은 악성 종양처럼 그의 가슴속을 천천히, 그러나 분명하게 갉아먹고 있었다. 그래서 그는 요즘도 울적한 기분이 되어 귀가 도중 차에서 내려 터벅터벅 밤길을 걸어가기도 하고, 비가 오는 날은 폭음을 하기도 했다.

"진성구 사장님이시지요?"

진 사장은 회상에서 깨어나 고개를 들어 앞에 선 한 남자를 올려다보았다.

"이의섭 피디입니다. 상무님으로부터 지시를 받았습

니다. 〈마음의 계절〉 녹화 현장으로 안내하라고 하셨습니다."

"네, 혹시 진행에 방해가 되지 않는다면요."

진성구가 자리에서 일어나면서 말했다.

"괜찮습니다. 곧 녹화가 시작될 테니까 스튜디오로 가시지요."

"그 프로의 피디이십니까?"

걸어가면서 진성구가 이 피디에게 물었다.

"아니에요. 그 프로는 김평수 피디가 맡고 있습니다. 녹화 시작 전이라 이혜정 씨가 아직 도착하지 않았을지도 모릅니다."

"괜찮습니다. 스튜디오 구경이나 하면서 기다리지요."

복도 끝에 있는 스튜디오의 육중한 철문을 마주 보며 긴 복도를 걸어가다 문이 열린 방 쪽으로 진성구의 시선이 갔다. 청순가련한 맏며느리 역이 단골인 눈에 익은 여자 탤런트가, 요란하게 화장을 한 탤런트들 사이에서 두 다리를 떡 벌리고 앉아 담배연기를 내뿜고 있었다. 진성구는 자기도 모르게 웃음이 나왔다. 화면에서 느꼈던 그녀의 이미지와는 너무나 달라서였다.

문득, 혜정도 촬영하기 전에 저런 모습일까, 하는 궁금증이 생겼다. 도저히 상상이 되지 않았다. 언제나, 어디서나 품위를 잃지 않는 여자, 항상 자연스럽고 항상 솔직한 여자가 바로 혜정이었다. 침대 위에서 환희의 신음을 토해낼 때도 그 순간에 딱 들어맞는 품위가 있었다. 아니, 그건 품위라기보다 혜정만이 가질 수 있는 솔직함과 부끄러움이 어우러진 멋진 조화라고 해야 할 것 같았다.

진성구는 이 피디를 따라 육중한 철문 안으로 들어섰다. 높고 둥그런 '돔'형 천장 아래 세워진 여러 세트 위에서 탤런트들이 대본을 들여다보며 서성거리고 있었다. 진성구는 몸을 숨기듯 하며 탤런트들 속에서 이혜정의 모습을 찾았다. 보이지 않았다. 그러나 녹화가 시작되기 전에는 스튜디오에 들어오리라 믿어 느긋한 마음으로 서 있었다.

"이혜정 씨가 아직 안 온 모양입니다. 스튜디오에 온 것이 처음이십니까?"

이 피디가 진성구에게 물었다.

"네, 처음이에요."

"저하고 쭉 한번 돌아보시지요."

"고맙습니다."

이 피디가 앞장서고 진성구가 뒤따랐다. 과거에 여러 번 여동생 미숙이나 혜정을 만나기 위해 공연이 끝난 후 무대 뒤에는 가봤으나, 지금처럼 촬영 세트장에 들어오기는 처음이어선지, 모든 것이 매우 신기하게 보였다. 한 스튜디오 안에 여러 개의 세트가 각각 다른 장소에 설치되어 있는 것도 신기했고, 받침대 위에 놓인 카메라와 동료 스태프가 유일한 관객이라는 사실도 그러했다.

진성구를 안내하던 이 피디가 그곳의 직원하고 잠깐 이야기를 나눈 뒤 옆으로 왔다.

"녹화 시작 시간이 1시간 연기되었답니다. 어제 갑자기 대본 내용이 대거 바뀌다 보니 연기자들이 새로운 대사를 외울 시간이 필요해서요. 시청자들 반응이나 윗선의 지시로 대본 내용이 갑자기 바뀌는 경우가 종종 있거든요."

"탤런트도 매우 힘든 직업이군요."

진성구가 말했다.

첫 번째 세트 위 천장에서 조명이 비치고 세트 앞쪽으로 두 대의 카메라가 자리를 잡았을 무렵, 누군가 진성구의 옆을 뛰어가다시피 스치고 지나갔다. 트렌치코트 위로 늘어뜨린 긴 머리와 걸음걸이로 그녀가 혜정이라는 것을 그는 단번에 알아챘다. 그녀는 세트들 사이, 스튜디오 가운데에 떡 버티고 서더니 고개를 들어 천장 가장자리를 올려다보았다.

"김평수 피디, 이리 내려와봐요."

이혜정이 소리를 쳤다. 진성구의 시선이 이혜정의 시선을 따라갔다. 유리벽이 보였고, 유리벽 안쪽에 있는 사람들의 움직임이 눈에 띄었다.

"김 피디, 이리 못 내려오겠어요? 이 대본 누가 고친 거예요?"

대본을 바닥에다 팽개치면서 이혜정이 말했다.

"이혜정 씨, 사무실로 올라와서 얘기해요."

스튜디오 내에 설치된 스피커를 통해 김 피디인 듯한 남자의 목소리가 들려왔다.

"못 올라가요. 이리 내려오세요."

이혜정이 다시 소리쳤다.

"모든 사람들 앞에서 우리 떳떳하게 얘기해봐요."

세트 안에 있던 나이 든 남자 탤런트 두 사람이 스튜디오 바닥으로 내려와 이혜정에게로 갔다.

"이혜정 씨, 왜 이래요? 사무실로 올라가세요."

그중 한 탤런트가 말했다.

"선배님, 정말 이래도 되는 거예요? 자기들 멋대로 대사 바꾸고……."

이혜정이 그들에게 말하며 세트장 안을 휘 둘러보다 다시 입을 열었다.

"여기 정수연 작가 없어요? 어디, 있으면 대답해봐요. 무슨 이유로 대사를 멋대로 바꿨어요?"

"이혜정 씨, 점잖지 못하게 이게 무슨 짓이오? 나 이 국장이오."

저음의 남자 목소리가 스피커를 통해 흘러나왔다.

"이 국장님, 이 국장님이 대본 고치라고 시켰어요? 아니면 김 본부장님이 시켰나요? 아니면 사장님이 시켰어요? 아니면 어디 청와대에서 연락이라도 왔나요?"

말을 마친 이혜정은 고개를 푹 수그렸다. 잠시 동안의 정적이 지난 후 그녀의 어깨가 가늘게 흔들렸다. 잠시 후 고개를 숙인 채 그녀는 스튜디오 중간으로부터 발길을 옮기기 시작했다.

"자, 모두들 스탠바이……."

이혜정이 몇 발자국 옮기기도 전에 스튜디오 안의 스피커에서 김 피디의 우렁찬 목소리가 들려왔다. 그 순간 걸어나오던 이혜정이 고개를 획 돌려 위쪽을 노려보았다. 그녀의 뺨을 타고 눈물이 끊임없이 흘러내리고 있었다.

"김 피디, 요새 새로 산 차 잘 굴러가요? 소나타 말이에요."

이혜정이 위에다 대고 앙칼지게 소리치고는 세트 쪽으로 시선을 내렸다.

"정 작가, 정 작가도 소나타 새로 샀다면서요. 어때요? 새 차가 좋지요?"

이혜정이 다시 몇 발자국 옮기더니 두 번째 세트 쪽으로 시선을 고정시켰다. 대본을 들고 앉아 있던 나이 어린 여자 탤런트가 고개를 푹 수그렸다.

"유승미 씨, 선배로서 한마디 충고하겠는데 유승미 씬아직 연기수업 더 해야 해. 아직 멀었어. 그리고 탤런트가 되기 전에 인격부터 쌓아."

이혜정은 그렇게 소리친 후 두 손으로 얼굴을 가리고 뛰다시피 진성구 옆을 지나쳤다. 진성구는 스튜디오 출구를 나서는 이혜정을 뒤따라갔다.

"혜정, 혜정이."

이혜정의 뒤를 따르면서 그가 불렀다. 이혜정이 복도에서 멈춰 뒤를 돌아보았다. 눈물에 젖은 이혜정의 얼굴이 놀라움과 수치심으로 뒤범벅이 되어 있었다. 그녀가돌아서서 다시 뛰어가는 순간 그녀의 트렌치코트 주머니에서 책이 떨어졌다. 그는 뛰어가서 떨어진 책을 집어주머니에 넣고 이혜정을 쫓아갔다. 방송국 현관문을 나서자 방송국 건물 벽에 기대어 울고 있는 이혜정의 모습이 보였다.

진성구가 그녀 앞에 다가가자, 순간 그녀는 허물어지듯 그의 품에 안기며 흐느끼기 시작했다. 그녀의 흐느낌은 그칠 줄 몰랐다. 그가 이혜정의 등을 다독거려주자 울음을 멈춘 듯하더니 다시 어깨를 들먹이며 흐느끼기 시작했다. 그는 그녀를 꼭 껴안아주었다.

두 손을 앞으로 하고 그의 가슴속에 폭 파묻힌 이혜정이 몹시도 조그맣게 느껴졌다. 그 순간 그는 이혜정을 향한 자신의 감정이 무엇인지 확실하게 깨달았다. 그것은 그가 그 순간까지 느껴보지 못했던 사랑이었다. 한 남자가 한 여자에게서만 느낄 수 있는 사랑, 받기보다 주기를 원하는 사랑, 강함보다 약함에 근거한 사랑, 그리고 육체와 육체 사이가 아닌 마음과 마음 사이에서만 일어날 수 있는 사랑. 진성구는 이혜정의 어깨를 사뿐히 감싸고 방송국 정문을 나섰다.

방송국 근처 지하 레스토랑의 한구석에 그들은 자리를 잡았다. 컴컴한 실내조명이 도움이 되었는지, 아니면 침묵 때문인지 이혜정은 방금 전에 보인 격정에서 벗어나 평온을 되찾고 있었다. 커피 두 잔을 시켜 다 마실 때까지 두 사람은 아무 말도 하지 않았다. 옆 테이블에 앉아

208

담배연기를 내뿜고 있는, 진한 화장을 한 여자들을 힐끔힐끔 본 것 외에는 이혜정의 시선은 테이블 위에 놓인 깍지 낀 손에만 머물러 있었다.

옆 테이블의 여자들이 자리를 뜨자 이혜정이 고개를 수그린 채 입을 열었다.

"나 지독한 여자지요?"

"그게 본래 여자의 본성이야."

진성구가 마음이 놓여 미소 속에 말했다.

"여자를 그렇게 잘 아세요?"

"아니, 이혜정이라는 여자는 어느 정도 알고 있지."

또다시 침묵이 찾아왔다.

"얘기하고 싶지 않지?"

진성구가 말했다.

"하고 싶지 않다면 그냥 집에 데려다줄래요?"

"혜정이가 원한다면."

"스튜디오에서 제가 왜 그랬는지 알고 싶지 않으세요?"

"……."

"오늘 아침 일찍, 뜯어고친 대본을 받아보았어요. 그 대본을 보니 어린 조연 탤런트가 주연, 제가 조연처럼 되어 있더군요."

"주연이 항상 좋은 건가? 인생과 마찬가지로 주연은 오히려 불행에 더 가까운 존재인지도 몰라."

"그게 아니에요. 얼마 전 그 조연 탤런트 스폰서가 피디와 작가에게 소나타 차를 선물했다는 소문을 들었어요. 그 때문에 대본을 바꾼 거예요."

"방송국도 그렇게 부패했나?"

진성구가 놀라는 표정을 지었다.

"그 이상이에요. 방송 출연 덕에 광고 모델로 나가면 모델료의 일부분을 꼬박꼬박 바쳐야 한대요. 주연을 맡으려고 신인 여자 탤런트의 경우 보통 1억 원씩 뿌린다나요. 인기를 얻으면 광고 모델로 본전을 찾는다는 배짱인데, 투자라고 생각하나봐요. 방송작가도 나을 게 없어요. 엔간한 방송작가라도 몇 천만 원씩 갖다 바쳐야 방송국에서 계약을 해준다고 하니까요."

진성구가 어이없다는 듯 웃었다.

"웃을 일이 아니에요."

이혜정이 서글픈 표정을 지으며 말했다.

"사람은 웃지 않으면 악을 쓰거나 울어야 돼. 나는 악을 쓰기에는 나이가 너무 들었고, 그렇다고 목놓아 울기에는…… 울기에는, 나는…… 나는 돈이 너무 많은 사람이야."

이번에는 심각한 표정을 짓고 있는 진성구를 쳐다보며 이혜정이 미소를 지었다. 그녀의 미소가 다음 순간 웃음으로 바뀌면서 그녀는 크게 웃음을 터뜨렸다. 곧이어 두 사람은 함께 큰소리로 웃기 시작했다.

　그러다가 두 사람은 약속이나 한 듯 한순간에 웃음을 뚝 그쳤다. 똑같이 주위를 둘러보다 사람들의 의아해하는 시선과 마주쳤다. 사람들의 어리둥절해하는 표정이 우스웠던지 그들 두 사람은 다시 소리 내어 웃었다. 웃음이 가라앉자 그들 두 사람은 웃음의 기막힌 효험을 같이 경험했음을 깨달았다. 그것은 함께 나누는 웃음이 두 사람 사이의 심리적 거리를 지워버린다는 것이었다.

"스튜디오에는 어떻게 오신 거예요?"

웃음이 가라앉자 이혜정이 물었다.

"이성수 교수를 마지막으로 본 게 언제야?"

진성구는 대답 대신 우선 그렇게 물었다.

"벌써 6개월이 넘었어요."

"그래? 그럼 이성수 교수와는……."

"헤어지기로 했어요."

"무슨 일이 있었어?"

"6개월 전 어느 날 성수 씨 집에 갔더랬어요. 빨래도 하고 밑반찬도 마련해주려고. 그때 성수 씨는 소주를 마시고 있었는데, 말을 걸어도 응해주지 않더군요. 그리곤 한마디뿐이었어요. 나하고 대화를 하고 싶지 않다고요. 그럼 누구하고 대화하고 싶으냐고 물으니까, 소주하고만 대화하고 싶다고……. 그 길로 하숙집을 나온 후 한 번도 다시 만나지 않았어요."

놀라운 일이었다. 그러나 다시 생각해보니 이성수의 괴팍한 성미로 미루어보아 어쩌면 당연한 행동일지도 모른다는 생각이 들었다.

"오늘 점심때 연구소 권 장관을 만났어. 성수가 하숙집에도 없고, 한 달 동안 행방불명이래. 그냥 좀 걱정이 돼서…… 혹시 혜정이가 아나 싶어서 찾아왔어."

"그래요? 여기 잠깐 앉아 계세요. 제가 몇 군데 전화를 걸어 알아볼게요."

이혜정이 걱정스러운 표정을 지으며 자리에서 일어나 공중전화가 있는 쪽으로 갔다. 잠시 후 그녀가 돌아왔다.

"성수 씨하고 가끔 술 마시는 남자 배우가 있어요. 근래에 자주 만났으니 그 사람은 성수 씨가 어디 있는지 알 거예요. 지금 녹화 중이라 전화를 받을 수 없다고 하니 제가 방송국에 가서 만나볼게요. 소식 들으면 어디로 연락할까요?"

"갔다 와. 별로 할 일도 없으니 여기서 기다릴게."

"그럼 갔다 올게요."

이혜정이 일어나 밖으로 나갔다.

진성구는 멍한 기분이었다. 지난 1년 반 동안 그토록 잊으려고 노력해도 잊을 수 없었던 혜정이 다시 자유의 몸이 되어 자신과의 재결합이 가능하다는 생각이 들자 순간 희열에 찼다. 하지만 곧이어 희열은 허무함으로 바뀌었다. 1년 반 동안의 모진 고통이 쓸데없는 헛수고였다는 생각이 들자 기쁨보다 허탈함이 앞섰다.

돌이켜보면 혜정을 잊기 위한 마음속의 고통은 고통이기도 했지만 동시에 탈출이었다. 짜증스러운 일상으로부터, 시큼한 냄새를 풍기는 현실로부터의 탈출이었다.

사랑하는 사람이 있다는 것, 그러나 사랑하는 사람을 만날 수 없다는 것, 사랑하는 사람을 그리워한다는 것, 그리고 그 그리움 때문에 괴로워한다는 것⋯⋯ 이 모든 것이 일상의 지루함으로부터, 현실의 각박함으로부터 탈출구 구실을 해주었음에 틀림없었다. 그러나 그것은 일생 동안 한 번만 경험할 수 있는 것⋯⋯ 두 번 다시 경험하라면 차라리 죽는 것이 나을 것 같았다.

혜정과의 재결합은 분명히 또 한 번의 그런 경험을 반복하게 할 것이라고 진성구는 결론지었다. 정열적으로 사랑하고 죄의식으로 고통받다 보면 헤어짐이 오게 되어 있고, 헤어지면서부터 온몸으로 그리워하고, 그러고 난 후 상대방을 미워하는 만큼 자신을 미워하면서 아름다운 추억은 산산조각이 나고, 깨어진 추억은 다시 날카로운 유리조각으로 변하여 불시에 그를 찾아와 가슴속을 할퀴어놓고…… 이런 과정이 바로 혜정과의 재결합을 의미했다. 진성구는 방금 전 자신의 품속에서 흐느끼던 혜정과의 사이에 또다시 그런 과거의 경험을 반복하고 싶지 않았다.

아름다운 추억을 아름다운 것으로 고스란히 남겨둘 수 있는 방법이 없을까? 그는 질문을 던지면서 담배를 찾기 위해 주머니를 뒤졌다. 그의 손에 잡힌 것은 아까 혜정이 방송국 복도에 떨어뜨렸던 책이었다. 꺼내서 훑어보니 책이 아니라 대본이었다. 그는 대본 겉표지에 쓰인 〈소년과 어머니〉라는 제목에 시선을 주었다. 텔레비전 드라마 대본이 아닌 영화 대본 같아 보였다. 그는 첫 장을 펼쳐 읽기 시작했다.

때는 1959년 한여름 이른 오후, 장소는 시골 마을 뒤켠 낮은 산을 배경으로 한 아늑하고 평화로운 들판.

뽕나무밭 한 곳에서 흰 수건을 머리에 쓰고 흰 저고리에 검은색 짧은 치마를 입은, 30세쯤 된 인자한 표정의 어머니가 뽕나무 잎을 따는 모습이 멀리서부터 줌인됨.

뽕나무밭 옆 개울에는 바짓가랑이를 걷어올리고 개울 바닥에 있는 돌을 들쳐 가재를 잡고 있는 열 살 난 소년의 모습이 보임. 소년의 모습이 어머니의 모습과 교차됨.

어머니:(개울 쪽으로 고개를 돌리며) 기식아, 니 어데 있노? 멀리 가지 마래이.

소년:(여전히 돌을 들치며) 여기 있심더, 걱정 마이소.

어머니:니 배고프나?

소년:언제예, 배 안 고픕니더.

어머니:조금만 참아라이, 뽕잎 따고 수제비 맛있게 해줄꾸마.

어머니의 말을 들은 체 만 체 가재를 잡는 데 여념이 없는 소년의 모습. 돌이 들쳐지자 맑은 물 속으로 재빠르게 도망가는 가재. 가재를 잡으려고 손을 뻗치다가 개울 물 속으로 풍덩 빠지는 소년. 소년이 개울물 속에 벌렁 드러누워 쳐다보는 하늘. 엷은 구름 사이로 보이는 파란 하늘. 물에 빠진 채 첨벙대며 웃고 있는 소년의 얼굴이 클로즈업됨. 매미 소리, 개울물 흐르는 소리 사이에 울려퍼지는 소년의 천진난만한 웃음소리.

진성구는 대본을 탁자에 내려놓으며 자신도 모르게 눈을 감았다. 돌아가신 어머니의 모습이 자신의 행복했던 소년 시절과 어우러져 그의 가슴을 메워왔다. 가슴이 뿌듯했다. 비록 그것이 영화 대본을 통해서이기는 하지만, 오래전에 잃어버린 행복했던 시절이 그의 머릿속에서 또렷이 되살아나는 것을 느꼈다.

그는 갑자기 무엇에 놀란 사람처럼 허리를 꼿꼿이 세웠다. 혜정과의 아름다운 추억을 아름다운 것으로 고스란히 남겨둘 아이디어가 떠올랐기 때문이었다. 그렇다. 그것을 영상으로 남기는 것이다. 그가 죽도록 사랑했던 혜정의 아름다운 모습을 있는 그대로, 그가 그토록 고민했던 자신의 잃어버린 순수함을 원래 그대로, 그리고 그가 목숨처럼 아끼는 사랑의 추억을 영상으로 기록하는 것이다.

"오래 기다리셨지요?"

진성구는 고개를 들어 맞은편에 앉는 이혜정을 보았다.

"만나봤는데, 한 달 전쯤 성수 씨가 그 친구한테 대구에 있는 오피스텔을 빌려달라고 해 열쇠를 주었대요. 전화가 없어 연락은 안 되는데 분명히 거기 있을 거래요."

"뭐하느라고 거기에 갔을까?"

"그건 모른대요."

"나하고 같이 내려가볼까?"

이혜정은 대답은 하지 않고 진성구가 들고 있는 대본에 시선을 보냈다.

"아, 이거, 혜정이가 아까 방송국을 뛰어나오다 떨어뜨린 거 주워온 건데, 기다리는 동안 조금 읽어보았어. 이 영화에 출연하려고 해?"

"아직 결정 못했어요. 아마 안 할 거예요. 시나리오 작가가 워낙 황당무계한 얘기를 하고, 아직까지 제작자도 찾지 못했대요."

"황당무계한 얘기가 뭐야?"

진성구는 호기심이 생겼다.

"영화계의 어느 믿을 만한 거물이 제안한 것이라면서,

〈소년과 어머니〉를 영화화하기만 하면 내년 모스크바 영화제에서 어머니 역할로 여우주연상을 수상하게 되어 있고, 권위 있는 국제 영화제에서의 수상 사실을 제대로 홍보만 하면 국내 흥행에서도 성공이 보장된다는 거예요. 명색이 권위 있는 국제 영화제인데 영화도 만들기 전에 여우주연상이 보장된다는 것이 이해가 되지 않는다고 했더니, 영화계의 거물이 이미 그쪽과 밀약이 되어 있다는 거예요."

"그 반대급부는 뭐래?"

진성구가 진지한 태도로 물었다. 이혜정이 어이없다는 표정을 지으며 말을 계속했다.

"국제 영화제 수상의 장려금으로 정부로부터 제작자와 수상자가 1억 원 정도를 지급받는데, 그 돈을 영화계 거물에게 상납하면 그 돈의 대부분이 모스크바 영화제 주최 측 누군가에게 비공식적 절차를 거쳐 보내기로 되어 있다는 거예요. 너무 황당하지요?"

"영화제 치를 재원이 여의치 않을 모스크바 사정을 감안하면 전혀 근거 없는 말이 아닐지 몰라."

진성구는 잠시 생각에 잠겼다가 다시 입을 열었다.

"영화계도 그렇게 썩었나?"

"가장 썩은 게 영화계예요."

"혜정이가 영화에 출연해봐. 내가 제작을 맡을게."

진성구가 진지하게 말하자 이혜정이 의아해하는 표정을 지었다.

"농담하시는 거예요?"

"농담이 아니야. 아주 진지해. 중요한 이유가 있어. 혜정이 할 역은 꼭 어머니라야 해. 그리고⋯⋯어머니가 틀림없이 주연인 거고."

마지막 말을 하면서 진성구는 미소를 지어 보였다.

"그럼 성구 씨가 소년 역을 맡으실 거예요?"

이혜정이 웃으면서 농담을 던졌다.

"이건 농담이 아니야. 나한테는 아주 중요한 일이야. 여하튼 신중히 생각해줘."

"이제 다시 연극 무대로 돌아가기로 결심했어요."

"왜? 방송국의 비리 때문에?"

"그것뿐만이 아니에요. 못 견디게 무대가 그리워져요. 무대 동료 배우들을 잊지 못하겠어요. 텅 빈 관객석을 앞에 두고 연기를 한 날, 막이 내린 뒤 서로의 시선을 애써 피하던 그 따뜻한 마음가짐이 그리워졌어요. 그리고 관객들이 그리워졌어요. 뭐라고 할까요⋯⋯ 살아 움직인다고 할까요. 입과 입을 통한 말이 아니라 눈과 눈이 마주치는 감정이라고 할까요⋯⋯. 드라마나 영화하고는 완전히 달라요."

"그래도 이 영화는 꼭 해봐."

"왜 꼭 제가 이 영화에 출연해야 해요?"

이혜정이 심각하게 물었다.

"두 가지 약속을 하지. 첫째, 혜정과는 영원히 플라토닉한 사랑을 할 거야. 혜정이가 플라토닉한 것만큼은 허락해준다면 말이야. 그리고 절대로 다른 마음은 먹지 않을 거야."

"둘째는요?"

이혜정이 진성구에게 물었다.

"둘째 약속은, 어느 누구도 대본을 고칠 수 없게 할 거야. 누가 나에게 소나타 두 대가 아니라 비행기 두 대를 사준다 해도 대본은 안 고친다고 약속하지."

이혜정이 다시 소리내어 웃었다. 진성구는 혜정의 웃음이 몹시 천진난만하게 보였다. 호텔방 안에서는 결코볼 수 없을 웃음이었다.

"집에 가서 생각해볼게요. 그러나 아직까진 연극으로돌아가기로 한 결심은 변하지 않았어요."

"내가 혜정에게 하는 마지막 부탁이야. 꼭 출연하도록 해줘…… 죽은 마누라 사진을 숨겨두고 자식들 몰래꺼내 보는 늙은 홀아비의 심정을 이제는 이해할 수 있을 것 같아."

"무슨 말이에요?"

이혜정이 의아해하는 표정을 지었다.

"내가 설명해도 지금은 이해할 수 없을 거야. 늙어서 머리가 희어지고 틀니를 할 나이가 되면, 그때쯤 이해가 될 거야."

진성구는 시선을 멀리 보냈고, 이혜정은 고개를 숙였다. 침묵이 흘렀다.

"미숙이는 잘 있지요? 근래에 통 만나보지 못했어요. 미국 공연은 시작했나요?"

"며칠 전 떠났어. 연극 연출에 그렇게 마음을 붙이니 이젠 좀 안심해도 될지 모르겠어."

"이젠 걱정 안 해도 될 거예요. 절대로 무모한 행동은 하지 않을 거예요."

"어떻게 자신할 수 있지?"

"자신할 수 있어요. 사랑에 빠진 여자는 자살을 할 수 없어요."

"누구하고 사랑에 빠졌는데?"

진성구가 깜짝 놀라 물었다.

"희곡의 원작자하고요. 아직 원작자가 나타나지 않았나요?"

진성구가 마음이 놓이는지 후 하고 안도의 숨을 내쉬었다.

"그런 것 같아. 왜 알지도 못하는 원작자와 미숙이가 사랑에 빠졌다고 생각해?"

"자기만을 위해 그런 작품을 바치는 남자에게, 여자는 본능적으로 이끌리게 돼 있어요."

"그래? 혜정은 희곡의 어떤 점이 마음에 들었어? 나도 봤지만 잘 모르겠어."

"잘 기억은 나지 않는데…… 이런 부분이 있었어요. 육체에서 빠져나간 박정희의 영혼이 자신의 육체를 보며 하는 독백이에요……. 내 보잘것없는 육체가 내 차에 실리는구나. 내 공기를 마시고, 내 음식을 먹고, 내 여자와 동침을 했고……. 그다음은 잘 기억이 안 나요. 아, 참. 그 부분이 좋아서 스크랩한 것이 제 백 속에 있어요."

이혜정이 백 속을 뒤적거려 쪽지를 꺼냈다.

"읽어드릴까요?"

이혜정이 미소 지으며 물었다.

"읽어줘."

이혜정이 조용한 목소리로 스크랩한 것을 읽기 시작했다.

저 땅 위에서 등에 업힌 내 보잘것없는 육체가 내 차에 실리는구나. 내 공기를 마시고, 내 음식을 먹고, 내 여자와 동침했고, 내 삶을 살아온 그 보잘것없는 육체는 나와 전혀 관계없는 낯모르는 육체. 뒷좌석 비서실장의 무릎에 놓인 허물어진 나의 육체, 그래도 영혼이 빠져나간 줄도 모르고 육체 속에 남은 피로 영수가 앉아 있던 바로 그 자리를 검붉게 물들이고 있구나. 피야! 더러운 피야! 빠져나와라, 빠져나와라! 한 방울의 피도 남기지 말고 너의 육신에서 빠져나와 의자를 적시고, 내 차를 핏속에 잠기게 하고, 궁정동 안가를 휩쓸어버리고, 그래도 남은 것이 있다면 오늘 저녁을 영원히 너의 핏속에 가두어다오. 역사가 찾아낼 수 없도록, 누구보다도 내 아들딸들의 귀와 눈이 듣거나 볼 수 없도록 내 핏속에 깊숙이 가두어다오.

"그만 읽을까요?"
이혜정이 읽고 있던 스크랩에서 눈을 떼며 말했다.
"아니, 계속 읽어봐. 혜정이 읽는 걸 듣고 싶어."
"그럼 저하고 약속해요. 눈을 감고 듣기만 하겠다고요."

그러지, 하며 진성구가 눈을 감자 이혜정이 다시 스크
랩을 읽어나갔다.

비서실장! 김 장군! 그 육체의 등에 뚫린 총구멍을 왜 손
으로 막느냐? 당장 손을 떼라. 제발 부탁이다. 김 장군!
그 육체에 피를 남겨둔다면 그 육체는 또다시 기회가 오
면 어느 불쌍한 영혼을 불러들여 잔인한 배신을 출산할
거다.
지금으로부터 31년 전 내 영혼은 그 육체가 출산한 배
신에 목덜미가 잡혀 그 긴 세월 동안 '죄의식'이라는 진
흙탕 속을, '위선'의 비바람 속을, '냉혹'이라 일컬어지
는 얼음판 위를, '과욕'이라 불리는 늪지대 속을 끌려다
니며, '배신'의 못된 악마가 시키는 대로, 때로는 고민
의 덩어리가 되어 잠 못 이루어 뒹굴었고, 때로는 약삭
빠른 여우가 되어 기회를 엿보았고, 때로는 권력의 탈을
쓴 늑대가 되어 순한 양을 물어뜯고, 때로는 인간의 탈
을 쓴 미친개가 되어 닥치는 대로 마시고 닥치는 대로 흘
레를 해왔다.

"잠깐, 31년 전 배신에 목덜미가 잡혔다고 했는데, 그
게 무슨 말이야?"

진성구가 눈을 뜨며 이혜정에게 물었다.

"저도 잘은 모르지만, 1948년도에 박정희가 전기 고문에 못 이겨 군대 내 자신의 동료인 청년 장교 두 사람을 공산주의자로 지목하는 바람에 결국 그 두 사람이 사형을 당했다고 해요."

"그런 일이 있었나? 계속 읽어줘."

진성구가 눈을 감자 이혜정이 다시 읽기 시작했다.

김 장군! 김형! 김 장군! 김형! 눈물을 흘리지 마라. 너의 무릎에 놓인 가련한 육체를 내려다보고 눈물을 흘리지 마라. 그토록 한심한 육체가 아까워서 눈물을 흘리느냐? 한 군인으로서, 한 남편으로서, 한 아버지로서 그 육체는 더러운 인생살이를 살아왔다. 전쟁터의 포화 속에 전우 옆에서 죽어야 할 군인이 젊은 여자들을 옆에 끼고 부하의 총탄에 피를 흘리며 비겁한 죽음으로 인생을 끝내는 중이다. 착한 마누라를 만인이 보는 텔레비전 카메라 앞에서 흉탄에 피를 흘리며 젊은 몸으로 죽게 했다. 그리고 어린 자식을 홀로 남겨두고 버림받은 탕아로 횡사를 자초한 수치스러운 아버지로서 그 육체는 이제 험악한 세상살이를 끝마치려고 한다.

김 장군! 비서실장! 그래도 울음을 그치지 못하겠느냐?

그 더러운 육체를 둘러메고 당장 청와대로 들어가라. 청와대 2층 내 침실 침대 위에 올려놓고 내 육신의 흔적이 남지 않도록 폭파해버린 다음 국민에게 말해다오. 국민의 사랑을 받던 대통령은 서기 1979년 10월 26일 밤 적군이 설치한 폭탄에 희생되어 62세를 일기로 세상을 하직하였다고.

뭐라고? 후계자가 누구였으면 좋겠냐고? 비서실장! 조금도 걱정 말아라. 권력(勸力)은 더러운 작부(酌婦), 가장 강하고 가장 잔인하고 가장 무자비한 자의 품에 안겨 아양을 떨게 마련이다. 그자의 품에 안겨 거짓 신음으로, 간드러진 목소리로, 달콤한 속삭임으로 그자 몸속의 정자(精子)를 야금야금 은밀한 곳으로 받아 챙겨 그자를 무력하게 할 것이다. 그런 다음 그녀의 깊숙한 곳에서 썩힌 정자를 그녀의 냄새 나는 그곳에 혀를 대는 자들의 입속에다 골고루 나누어줄 것이다.

"어때요? 괜찮지요?"

이혜정이 스크랩을 백 속에 다시 집어넣으면서 물었다.

"난 잘 모르겠어. 원작자가 누군지 짚이는 데는 없어?"

"글쎄요. 공연을 했는데도 원작자가 아직 나타나지 않는 걸로 봐서 세상에 알려지기를 원하지 않는 사람임에 틀림없겠지요……. 그리고 미숙이를 무척 아끼는 사람일 것이고…… 그런 사람이 누구일까요?"

이혜정이 마치 그래도 아직 모르겠느냐는 듯이 진성구의 눈을 빤히 쳐다보았다.

"난 누군지 상상조차 할 수 없어. 혹시 연극계에 미숙이를 짝사랑하고 있는 사람이 있는 거 아냐?"

진성구가 이혜정에게 되물었다.

"그런 사람이 있는지는 저는 모르겠어요. 하지만 단순한 짝사랑 때문에 이런 글을 쓰지는 않았을 거예요. 미숙에게 큰 죄를 짓고 있다고 생각하는 사람이 자책감에서 헤어나려고 쓴 것 같아요."

"어떻게 그런 추리를 할 수 있어?"

진성구는 점점 미궁 속으로 빠져들어가는 기분이었다.

"박정희가 아내를 죽게 하였고, 자신은 젊은 여자들을 옆에 끼고 있다가 인생을 끝마쳤잖아요?"

진성구는 잠시 생각에 잠겼다. 미숙에게 큰 죄를 지은 자, 죄책감에서 헤어나지 못해 허덕이는 자, 그리고 세상에 알려지기를 원하지 않는 자…… 누굴까? 그는 갑자기 얼굴이 상기되었다. 곧이어 그의 몸이 분노로 부르르 떨렸다. 혹시 이진범?

"이진범이란 놈 아냐?"

진성구가 큰소리를 내었다.

"이놈! 이 쥐새끼 같은 놈! 아직도 정신을 못 차리고……."

순간 진성구는 이진범이 가족과 떨어져 미국에 피신 중이고, 미숙이 현재 미국에서 연극 공연 중이라는 데 생각이 미쳤다.

"이놈! 이놈을 가만두지 않을 거야."

진성구의 얼굴에 분노가 서렸다.

"흥분하지 마세요. 그 사람은 사업가예요. 그 사람이 썼다고 단정할 수 없어요. 설사 그 사람이 썼다고 해도 왜 꼭 죽여야 해요? 그 사람을 왜 그렇게 미워하세요?"

이혜정이 아래로 시선을 떨군 채 조용히 말했다.

"혜정은 이해 못해. 내가 그놈 때문에 얼마나 심한 고통을 받았는 줄 알아? 씹어먹어도 시원치 않은 놈이야."

"왜요?"

"몰라서 물어? 그자는 우리 가문의 명예를 더럽혔어. 하나밖에 없는 내 여동생에게 자살을 기도할 정도로 깊은 상처를 주었다고!"

진성구는 분을 이기지 못해 씩씩거리며 가쁜 숨소리를 내고 있었고, 이혜정은 고개를 숙인 채 침묵만 지켰다.

"이제 나가요."

고개를 숙인 채 말하는 이혜정의 목소리에 울음기가 섞여 있었다. 진성구가 의아해하며 이혜정에게 시선을 보냈다. 눈물이 흘러 그녀의 무릎 위로 떨어졌다. 진성구가 깜짝 놀라 이혜정의 어깨를 낚아챘을 때 이혜정은 어깨를 들먹이며 나직이 소리 내어 울기 시작했다.

"왜 그래? 무슨 일이야?"

진성구가 어깨를 잡은 손을 내려놓으며 말했다. 이혜정은 소리 죽여 흐느꼈다. 이혜정의 돌발적인 감정을 이해할 수 없는 진성구는 멍한 기분이 되어 그녀의 격정이 가라앉기를 기다리는 수밖에 없었다. 울음이 가라앉자 이혜정이 입을 열었다.

"가문의 명예라는 게 있다면 저희 집도 가문의 명예가 있어요. 그리고 오빠도 있고요."

그제야 진성구는 이혜정의 감정 폭발이 이해되어 아무 말도 하지 않았다.

"한 가지 물어보겠어요. 미숙이가 자살을 기도하게 된 직접적인 동기가 뭐라고 생각하세요?"

이혜정이 물었다.

"……."

"오빠로부터 들은 너무 가혹한 말이 지울 수 없는 상처를 남겼고, 그 상처가 자살의 동기가 되었다는 생각을 해본 적은 없어요?"

이혜정이 시선을 아래로 꽂아둔 채 또박또박 말했다.

"창녀보다 못하다고 했다면서요?"

잠시 사이를 두었다가 이혜정이 다시 물었다.

"그냥 화가 나서 순간적으로 나온 말이었어. 왜 그런 말을 했는지 나도 잘 모르겠어."

"잘 모르면서 어떻게 그런 말을 할 수 있어요? 저도 창녀보다 못한 년이라고 생각하시는 거 아니에요? 무의식으로나마 그런 생각을 하고 있을 거예요."

"무슨 말을 하는 거야? 이진범 그자하고 나는 달라. 그자는 그때 나를 곤경에 빠뜨렸던 걸 고소해하며 지금쯤 희희낙락하고 있을 거야. 그리고 나는 혜정이 대학 다닐 때부터 사랑했어. 순수한 사랑이었다고."

진성구가 자신 있게 말했다.

"두 가지 다 틀렸어요. 만약 원작자가 이진범이라면, 그 사람은 지금 희희낙락해하며 웃고 있지 않아요. 아마지금 자살 직전일 거예요."

"어떻게 알아?"

"글을 보면 그것이 훤히 보여요."

둘 사이에 잠시 침묵이 끼어들었다.

"나는 혜정을 진심으로 사랑했어. 혜정이 대학 다닐 때부터. 나를 그자와 비교하는 건 모욕이야."

진성구가 침묵을 깼다.

"그래요? 그 사람도 미숙이를 진정으로 사랑했을지 몰라요. 그 사람도 미숙이 대학에 다닐 때부터 사랑했을 거예요."

"무슨 소리야?"

진성구가 깜짝 놀라 물었다.

"미숙이가 미국에서 학교 다닐 때 그 사람을 만났대요."

"어떻게?"

"그 사람이 진 회장님 심부름으로 미숙이를 만났었나 봐요."

진성구는 고개를 떨구었다. 정확히 무슨 이유 때문인지는 모르나 자신이 지독한 이기주의자이거나 지독한 위선자일지 모른다는 생각이 들었다. 가만히 생각해보니 자신은 사랑하는 여자를 조건 없이 사랑하기보다 사랑하는 여자의 사랑을 받기를 원했고, 그런 자신의 사랑은 고귀한 것으로 여기면서 다른 남자의 사랑은 패륜이라고 결론 지어버린 것 같았다. 진성구는 가슴이 답답해왔다. 더구나 그런 결론 아래 그자를 철저히 파멸시켜버렸으니…… 게다가 가족과 떨어져 외롭게 사는 도망자의 신세로 전락시켜버렸으니……. 그럼 지금 어떻게 해야 하지? 생각해보면 좋은 방법이 나오겠지, 하고 그는 스스로를 위로했다.

"도대체 사랑이란 무엇일까?"

진성구의 일그러진 얼굴을 보며 이혜정이 어리둥절한 표정을 지었다.

"사랑이란 말이야…… 사랑이란……."

진성구가 띄엄띄엄 말을 이어나갔다.

"사랑이란…… 사람의 능력으로는 감당할 수 없는 감정 상태야. 너무나 가슴 벅차서…… 너무나 믿기 어려워서…… 너무나 비현실적이라서…… 너무나 불안해져서…… 사람들은 사랑을 추구하지만 사랑에 빠졌을 때는 헤어나오려고 발버둥을 쳐. 그래서 사랑을 깨버리지. 결국 사랑이란 지옥의 관문이라고 할 수 있어. 그러니 사랑이라는 관문을 통과하여 지옥으로 들어가든지 아예 사랑이라는 관문을 처음부터 피하든지 둘 중 하나를 선택할 수밖에. 사랑이라는 관문에 그냥 머물러 있을 수는 없어."

"애정은 그렇지 않아요. 사랑이 변하여 애정이 되었을 때 사람들은 거기서 머무를 수 있어요."

이혜정이 말했다.

"애정은 지루하고 답답한 현실이야. 그리고 애정은 사랑이 끝나는 곳에 기다리고 있는 무덤이야."

"그럼 사랑을 무덤 속에 묻어버리지 않는 방법으로 뭐가 있을까요?"

"추억이야. 맞아. 추억 속에 가만히 가두어두었을 때만 사랑은 살아 있게 되어 있어. 추억은 사랑을 위해서 존재할지도 몰라. 혜정은 내 추억 속에 남아 있을 거야."

"……지금 나가요."

이혜정이 자리에서 일어나며 말했다.

그들은 레스토랑 밖으로 나왔다. 최루탄 냄새와 먼지가 뒤범벅이 된 가을바람이 그들을 맞이했다.

"집에 데려다줄게."

"아뇨. 혼자 걷고 싶어요."

이혜정이 가로수 밑으로 걸어나갔다. 멀어져가는 그녀의 뒷모습이 사라질 때까지 그는 그곳에 머물러 있었다.

〈제4부에서 계속〉

『거품시대』와의 대화

김윤식(서울대학교 국어국문학과 명예교수)

객 : 안녕하십니까? 안경이 더 두꺼워진 것 같군요. 이 확
대경은 또 무엇입니까?

주 : 사전 때문입니다. 난시와 원시가 겹쳐 있어서.

객 : 인쇄문화란 아무래도 안경과 관련이 깊겠지요. 오늘
날과 같은 영상문화 시대에 대한 선생의 견해는 어떠
신지요?

주 : 미국의 극작가 아서 밀러의 견해와 비슷합니다. 색이
나 그림의 세계(매체)란 언어 매체에 비하면 단세포
적 또는 저차원적이라 할 수 없을까? 말 못하는 갓난
아기도 그런 것에 반응하지 않겠는가? 언어(문자)의
세계란 훨씬 고급이자 고도의 지적 발달에 관련된 것
이 아닐까? 지적이라서 더 훌륭하다는 것이 아니고,
범주가 그렇다는 뜻입니다.

객 : 선생의 문학에 대한 집착의 근거로 그 점에서 짐작이
갑니다. 그렇다면 활자로 된 문학에서도 등차가 있지
않을까요? 가령 순문학과 대중문학이라든가, 문단문
학과 신문소설이라든가 등등.

주 : 이런 저런 논의가 있을 수 있겠지요. 신문소설이 활
자문화 쪽에 서 있음만으로도 그 우뚝함이 있지 않을
까? 영상으로 포위된 이 시대에서 말입니다. 그렇다
고 신문소설과 문단소설의 차이가 없다고는 할 수 없
지요. 신문소설이 텍스트 범주라면 문단소설은 작품
범주라 할 수 있습니다. 신문소설에는 반드시 삽화가
있지 않겠는가? 삽화와 또 다른 여백이 있고 그 옆
에는 광고물도, 그리고 정치·생활·건강 등에 대한
기사도 함께 있지 않겠는가? 그러한 일상성(정치성)
과 신문소설이 함께 있음이란 곧 그것이 '열려 있음'
이 아니겠는가? 이 '열려 있음'을 통해 신문소설 속으
로 독자들이 멋대로 들어갔다 나왔다 할 수 있을 뿐
아니라, 삽화만 보고도 그 회분을 다 읽었다고 할 수
있는 일이 벌어집니다. 주인공의 대화 한 토막만 읽
어도 상관없는 노릇. 곧 독자는 소설을 읽되, 그것을
자기 멋대로 읽을 수 있습니다. '열려 있음'이기 때
문. 이를 바르트 식으로 말하면 텍스트의 쾌락이라

부르는 것입니다.

객 : 문단소설이란 '폐쇄된 구조' 곧 작품성으로 규정된다는 뜻입니까? 완결된 구조이기에 독자는 이 완결성에서 자유롭지 못하다는 것. 대체 독자를 제압 · 지배 · 구속하고자 달겨드는 그 작품성이란 무엇입니까?

주 : 완결성이라든가 폐쇄성이란 시작 · 중간 · 끝이 있다는 것, 그러니까 스스로 독립된 사물이라는 것. 다시 말해 타자성으로 존재하는 것이지요. 그러기에 작품성은 우리와 맞서고, 우리를 위협하는 것. 우리가 이에 대면할 힘이 모자라면 질 수밖에 없는 것이지요. 대결에서 비로소 긴장이 생기는 바, 이 긴장의 자장(磁場)을 두고 독서 행위라 부르는 것입니다. 그 자장에서 생기는 불꽃이 바로 삶의 진실이랄까, 미적 인식이라 부르는 것이 아닐까?

객 : 그렇다면 신문소설이란 이중적이라 할 수 없을까요? 연재 도중의 그것은 열려진 구조로서, 이른바 텍스트의 쾌락에 노출되지만 일단 연재가 끝나 단행본으로 묶이면 돌연 '작품성'으로 둔갑하는 것이 아니겠습니까. 우리가 알기로 춘원의 「무정」(『매일신보』, 1917년)은 물론 염상섭의 「삼대」(『조선일보』, 1931년), 이기영의 「고향」(『조선일보』, 1933~34년), 벽초의 「임꺽정」

(『조선일보』, 1928~39년) 등등 우리 근대소설의 대표작이라 부르는 작품들이 모두 본래 신문소설 아닙니까? 당대의 독자가 아닌 그 뒤의 독자들은 이것들을 작품성으로 대할 수밖에 없지요.

주 : 맞습니다. 그러나 그러한 이중성이 보장되는 작품은 아주 예외적이라 할 수 없을까? 방춘해의 「마도의 향불」(『동아일보』, 1932~33년)을 비롯하여 많은 사례를 들 수 있습니다. 그렇더라도 이들 작품은 그 일차적 임무를 훌륭히 수행한 것으로 볼 수 있지요. 당대의 유행에 대한 감각, 풍속에 대한 신기함의 추구, 흥미에 대한 집착, 적당한 반항과 보수적 해결, 그리고 평이한 문장 등을 통해 우리에게 주는 위안이야말로 그것이 맡은 바 몫이었던 것. 풍속성(시사성)이 풍부해야 하고, 대중적 공감을 얻어야 하며, 가정적이어야 하는 것, 이것이 신문소설의 5대 조건 아니겠는가? 일본의 대중작가이자 『문예춘추』의 창업주인 기쿠치 히로시(菊池寬)의 말이 문득 떠오릅니다. "문예비평가 따위가, 그대가 쓰는 신문소설이 너절하다고 지적해도 작가는 눈썹 하나 까딱할 필요 없다. 그러나 의무 교육을 받은 정도의 독자로부터 그대의 문장이 너무 어렵다고 항의를 받으면 그대는 응당 솜씨

없음을 부끄러워해야 한다"라는.

객 : 그러한 텍스트로서의 평가는 특정 신문소설의 연재
가 진행되는 동안 이루어지는 것이라 보아야 되겠군
요. 적어도 중도하차하지 않았다면 말입니다. 독자
의 항의라든가 인기도에 따라 중단되기도 연장되기
도 할 것입니다. 이로써 그 임무는 다 한 셈 아닙니
까? 연재가 끝나고 이를 단행본으로 묶었을 때, 선생
의 논법으로 하면 작품성으로 따지는 일이 비로소 가
능해지겠지요. 요컨대, 일단 성공한 작품을 다른 시
각에서 검토한다는 것 아닙니까?

주 : 작품으로 읽는 일이 그것. 처음 · 중간 · 끝이 있음으
로써 비로소 완결성이 검토될 수 있지요. 처음이란
무엇인가? 그 앞에 절대로 무엇이 와서는 안 되며 그
뒤에 절대로 무엇이 와야 하는 것. 중간이란 무엇인
가? 그 앞에 절대로 무엇이 와야 하며 그 뒤에도 절
대로 무엇이 와야 하는 것. 끝이란 무엇인가? 그 앞
에 절대로 무엇이 와야 하며 그 뒤에 절대로 무엇이
와서는 안 되는 것. 아리스토텔레스의 「시학」이 발견
한 최대의 원리가 이 점이 아닐까? 플롯과 필연성의
개념이 그것. 이 필연성이 성격이라든가 주제(사상)
에 직접 또는 간접으로 연결되어 있고, 따라서 작품

의 시원(始原)이 반드시 문제점으로 가로놓이게 되지요. 뿐만 아니라 문학사적 질서도 커다란 힘으로 간섭해 들어오는 것입니다.

객 : 이제 겨우 『거품시대』를 논의할 거점이랄까 통로가 보이는군요. 『거품시대』를 작품으로 읽을 때 제일 난감한 것이 문학사적 질서 감각이랄까 어떤 관습과의 이질감이 아닐까요? 소재상으로 보아 특히 그러하지요. 재벌 소설이나 기업가 소설이라 불러도 될지 모르겠으나, 좌우간 이러한 소재란 우리 문학의 주류랄까 중심부라는 사회적 소재(요약된 소재가 곧 주제)이든가 아니면 개인의 운명(內省)에 관한 것으로 요약될 수 있습니다. 기업 또는 재벌을 소재로 한 작품은 거의 없었지요. 이유는 일목요연한 것. 작품의 경우 작가란 그 작품의 시원인 까닭이지요.

주 : 좋은 지적이군요. 작품 또한 작가의 시원이기도 하겠지요. 지금껏 우리 문학에선 작가란 지식인 범주였다 할 것입니다. 이광수 · 채만식은 물론 이상이라든가 최명익이 그러하였고, 김동리도 이호철도 손창섭도 그러했지요. 이문구도 황석영도 오정희도 그러하지 않았던가? 지식인이란 무엇인가? 권력층이나 기업 측에 고용되어 생계를 유지하면서도 '진실(지식의 한

부분)'을 지키고 선양하는 계층을 일컫는 것. 만일 그 권력층이나 기업 측이 부정을 저지른다면 어떻게 해야 할까? 고발하거나 저항하면 생계에 위협이 오고, 묵살하면 '진실'에서 멀어지지 않을 수 없는 것. 이러지도 저러지도 못하는 자리에서 울리는 소리, 몸부림치기가 우리 문학의 한쪽 기둥이었지요. 1980년대에 접어들어 근로자들의 글쓰기도 시도되었고, 그 점에서 지식인이 아닌 시각에서의 소설의 가능성이 없지는 않았으나, 일시적인 현상이 아니었을까? 여전히 지식인의 시각에 흡수되고 만 것이 아니었을까? 한편 내성 소설이란 것도 지식인의 전유물이 아니겠는가? 요컨대 지식인은 근로계층(생산수단을 갖지 않은 자)도, 생산수단의 소유자인 부르주아지도 아닌 계층이지요.

객 : 르포 범주가 아닌 한, 진짜 노동자 소설도 진짜 부르주아 소설도 나오기가 어렵다, 그러니까 지식인의 시각에서 본 노동 소설, 부르주아 소설밖에 접할 수 없다, 라고 할 때 아마도 이 말 속엔 선생의 지론인 체험(기억)과 소설의 불가분리설이 깃들여 있겠지요. 이른바 '순금 부분'이라는 것 말입니다.

주 : 소설이란 서사시나 희곡과는 달리 '시간'이 개입된

예술 형태라는 것. 부르주아(시민 사회)의 욕망 체계에 대응된다는 것. 그러기에 기억 속에서만 완벽하게 성립된다는 것을 염두에 둔다면, 르포라든가 남의 대리 감정을 적어낼 수 없지요. 도금한 무쇠냐, 순금 부분이냐의 비유가 이에서 말미암는 것입니다.

객 : 『거품시대』의 소재상의 강점이 인정된다는 뜻이겠군요. 지식인 일변도의 우리 소설계에 기업소설이라는 것이 작가 홍상화 씨에 의해 가능해졌다 함은 『거품시대』 속에 선생께서 말하는 그 순금 부분이 어느 수준에서 깃들여 있다는 의미가 아니겠습니까? 어떤 부분이 그러할까 하는 점이 궁금합니다.

주 : 이 작품에서 먼저 우리가 할 일은 거품부터 걷어내는 작업이 아닐까? '거품 경제'라는 말이 먼저 있지 않았던가? 흑자 수출로 세계 경제를 제패할 듯하던 일본 경제도 알고 보니 거품 경제였던 것. 달러 결제 속의 허풍에 지나지 않았다고 스스로 비명을 지른 바 있음은 모두가 아는 일. 그 영향 아래서 어떤 면에서는 허풍을 떨던 우리 경제도 거품스럽지 않았던가?

객 : 거품 경제라는 비유보다 '거품시대'라는 것이 우리에겐 좀더 직접적이었다는 말씀이군요. '시대'란 역사적 개념이니까. 그 시대를 지난 처지에서 바라본다는

점에서 특히 그러하지요. 군사 독재가 이끌어가던 경제이자 정치였지만 일단 그것이 어느 수준에서 종결된 마당이기에 거품스러움은 당연히도 풍자의 대상일 수밖에 없는 법. 거품이 걷힌 시점에서 거품스런 시대를 바라본다면, 그 시대를 산 사람들 본인들은 어느 시대의 인간처럼 비극적이겠지만, 밖에서 바라보는 사람의 처지에서 보면 영락없이 희극적이지요. 『거품시대』의 제일차적 작품 성격이 이로써 규정되겠군요.

주 : 거품이 이제 조금 걷힌 셈입니다. 제1~2부가 1988년 봄, 그러니까 88 서울올림픽 개최를 몇 달 앞둔 시점에서 비롯하여 제3~4부는 1989년의 가을, 제5부는 1990년의 겨울 아닙니까? 약 3년간의 시대가 배경이지요. 제6공화국 전성기지요. 이 기간 속의 가장 거품스런 곳이 어디일까? 곳곳이겠지요. 그중에서 비교적 시대적이자 대중적인 곳이 정치판이 아니겠는가? 그다음 순번이 경제 분야일 터. 정경유착이 경제의 실상이라면 이 두 가지의 동시적 수용상을 보여줌이란 제일가는 시대적 · 대중적 흥미 영역이라 할 수 없겠는가?

객 : 그 대중성의 핵심이라 할 정경유착 중 경제 쪽의 거

품스러움을 소재로 삼았음이 이 작품의 대중성 확보의 근거이자 그 최강점이다. 다시 말해 정경유착 속 경제 쪽의 거품스러운 성격이 군사 독재에서 특권적으로 증폭되었다는 것이군요.

객 : 그렇다면 좀더 거품을 걷어내볼까요. 조금 앞에서 '순금스러운 부분'이라 하지 않았습니까? 작가가 제일 잘 아는 부분이 이에 해당되는 것입니다. 정경유착 속의 경제에 대해 체험적 수준에서 갖고 있는 기억이란 무엇인가를 묻는 일이 이에 관여됩니다. 작가 홍상화 씨가 갖고 있는 기억이 그것이지요. 문득 선생께서 입버릇처럼 말하는, '기억이 나다'라는 명제. '체험이야말로 작가의 자질이다'라는 명제를 떠올립니다. 좀더 자세히 말해볼까요. 『거품시대』가 아무나 쓸 수 있는 소설이 아니라는 것, 대중성의 최상위에 속하는 정경유착의 한국적 현상을 다룰 수 있다 함은 홍씨만이 가진 '자질'이 아닐 수 없다는 것. 맞습니까?

주 : 맞습니다. 1988~90년까지(햇수로는 세 해이나 실제로는 약 2년 8개월 동안)란 시대상으로는 6공화국에 지나지 않습니다. 그렇지만 작가 홍씨에게 있어 거품스런 시대 인식이란 이런 숫자상의 것이 아니지요. 주

인공 진성구 · 이진범 · 백인홍 · 권혁배 등의 나이에 관련됩니다. 38세에서 40세에 걸쳐 있지 않겠는가? 인생의 황금기에 해당하는 나이. 이 황금기에 이른 핵심 인물들의 삶의 방식이란 무엇인가? 이 물음에 서 작가 홍씨만큼 유력한 존재를 찾기는 어렵습니다.

객 : 선생께선 설마 이 작품에 나오는 중소기업인이든 대 기업인이든 그들의 생태랄까 경영방식이랄까 사고방 식 등의 전문성을 문제삼고 있지는 않겠지요. 제1부 시작부터 무수히 되풀이되는 비자금 조성 방식 같은 것.

가령 중소기업 수준인 청천물산 사장 이진범의 비자 금 조성 방식은 수출용으로 들여온 원자재를 시중에 내다 파는 짓이었지요. 대 · 소기업을 막론하고 이 짓 안 해먹은 기업이 있었던가? 대기업인 대하실업의 경우는 어떠한가? 창업주 진규식 회장의 눈이 시퍼 렇게 살아 있는 마당이기에 그 아들인 진성구가 아비 몰래 해치우는 거액의 비자금 조성 방식은 하청업체 의 도급 입찰에서 감쪽같이 뜯어내는 수법이더군요. 세무사찰이다 뭐다 하는 일들의 진행 과정이라든가, 진씨 집안의 혼사를 통한 정치권과의 관계 구축, 여 당 거물 정치가나 청와대의 경호실 떨거지들과의 접

촉 등등이란 선생의 지적대로 지식인 소설 위주의 우
리 소설계에서는 과연 낯선 장면들이지요. 그렇기는
하나 그게 어쨌다는 것입니까? 그런 소재란 부지런
하기만 하면 세무서 직원으로부터도 들을 수 있지 않
습니까? 르포 작가라면 누구나 할 수 있는 것. 또 그
런 지식이란 이미 세상이 다 아는 것 아닙니까? 작가
홍씨가 기업가 출신이라는 것과 이 문제는 별개라 볼
수는 없을까요?

주 : 그렇지 않아요. 작품의 시원이 작가이며, 작가의 시
원 역시 작품입니다. 쓰고 싶은 것을 쓰는 작가는 없
는 법. 다만 그가 '쓸 수 있는 것'을 쓸 따름입니다.
쓸 수 있는 것이란 자기만이 제일 잘 아는 체험(기억)
의 영역뿐. 그때 그가 제일 잘 쓸 수 있지요. 여기서
"제일 잘 안다"에는 설명이 없을 수 없는데, 기업 관
계에 대한 체험이나 기억이야 작가 홍씨보다 몇 배로
더 풍부한 기업인이 수두룩하겠지만 적어도 문학판
에서는 홍씨가 제1인자라는 뜻입니다. 그렇다면 홍
씨만이 제일 잘할 수 있는 체험(기억)이란 무엇인가?
이것은 문학적 물음입니다. 곧, 누구나 상식으로 아
는 저 비자금 조성 방식이라든가 골프장의 사교술,
또는 한결같은 계집질하기 등등이 이 작품에서는 생

리화되어 있다는 사실이 그것입니다. 지식의 수준이
아니라 생리화되었음이란 새삼 무엇인가?

객 : 선생이 말하는 그 생리화란 곧 인간 속성의 하나로
다루어지고 있다는 뜻이군요. 지식의 수준이라면 단
호할 수도 있고 회의적일 수도 있으나, 생리적 수준
이라면 운명적일 수밖에 없다는 식.

주 : 아, 운명이란 말이 너무 일찍 나와버렸군요.

객 : 유부남 이진범이 폴 마송을 마시며 진 회장 외동딸
진미숙을 죽도록 사랑하는 일이라든가(그는 누구보다
두 딸과 아내를 사랑하는 가장이 아니었던가?), 진씨 집
안의 막내아들인 젊은 진성호가 배다른 형이자 사장
인 진성구를 물리치고 자신이 사장이 되고자 하는 야
망은 논리적인 측면이라기보다는 생리적이라 할 것
입니다. 부에 대한 타오르는 욕망이란 인간 본성 속
의 일부라는 사실.

주 : 지배욕의 일종이라는 것 아니겠습니까? 섹스도 부도
권력도 다 생리적 욕구로 인식되고 있습니다. 이 작
품의 결말은 진씨 집안의 창업주 진 회장의 임종 장
면 아닙니까? 가족 앞에서 진성호가 네 가지 논리적
인 주장을 내세웠는데, 이게 논리이기보다는 생리인
것이지요. 실상 진성호는 지금 이 회사 경영에 물불

가리지 않고 달겨들지 않고는 설 자리가 없습니다. 너절한 교수의 딸을 아내로 맞이하지 않았던가? 왜? 그 교수라는 자의 인척이 권력층의 핵심이었던 까닭이지요. 그런데 그 교수의 딸이란 어떠했던가? 남편을 우습게 알고 자기 일에 빠져 미친개처럼 뛰어다니고 있지 않겠는가? 진성호가 자기 형 진성구처럼 또는 이진범이나 백인홍처럼, 모델인 김명희를 두고 계집질에 나아갈 것은 불 보듯 훤한 사실이겠지요.

객 : 르포 작가도 아니고, 지식인 소설도 아니라는 점이 작가 홍씨 및 『거품시대』의 문학적 성격을 결정하고 있다는 선생의 견해가 설득력을 가지려면 좀더 논의가 있어야 될 것 같습니다.

주 : 그렇군요. 먼저 등장인물들부터 볼까요? 주역들의 나이가 38세로 소설이 시작되지요. 이진범이 맨 먼저 등장. 재벌급인 대하실업에 근무하다 독립하여 섬유 하청업체를 차렸으나 대하실업의 진씨 집안 외동딸이자 이혼녀인 진미숙을 숨겨둔 여인으로 삼았기에 지금 곤궁에 빠져 있지 않습니까? 진성구 사장이 이를 알고 보복을 하고 있기 때문.

진성구는 어떠한가? 대하실업 2세이자 사장이 아니겠는가? 그의 경영 솜씨는 독창성이나 야심이 없고 그저 아비의 그늘 밑에 있는 범속한 재능의 소유자.
배우 이혜정과 내연의 관계. 이상하게도 가정 관계의
언급이 없음. 이진범의 경우 그토록 두 딸과 아내에
대한 사랑이 강조되었음과는 지나치게 대조적. 그의
범속성은 여동생 미숙을 사랑한다는 그 한 가지 이유
로 이진범을 파산시키고자 덤비는 것에서 잘 드러남.
백인홍. 백운직물 사장. 아비가 세운 회사의 2세인
셈. 야구선수 출신으로 투쟁적이며 이진범과 친구 사
이. 그의 부친은 유곽 경영자로 상놈 중의 상놈. 잡
스러우나 의리에 강한 사내. 상대방을 이기기 위해
상대방이 토해낸 오물을 먹어치우기도 하고, 수사관
의 코뼈를 작살내기도 하고, 권력층 우 의원의 대문
앞에서 이불을 펴놓고 밤샘하기도 하는 위인. 엘리베
이터걸 김명희와 내연의 관계.
진성호. 28세. 미국에서 공부. 진성구의 이복동생.
미국서 요란한 공부로 박사학위를 딴 여자를 아내로
맞음. 정략적 결혼의 사례.
황무석. 대하실업의 부장에서 이사로 승진. 이진범의
대학 선배.
진규식. 대하실업의 회장. 창립주.
진미숙. 진 회장의 외동딸. 진 회장과 라이벌 관계

였던 섬유회사의 사장 아들인 이성수와 결혼. 아들 하나 낳고 이혼. 이진범과 연인 관계. 주체성 없는 인물.

이성수. 진미숙의 전남편. 경제학 교수. 술독에 빠져 파락호로 전락. 그의 부친은 진규식의 밀고로 회사가 파산되자 그 충격으로 사망. 이 사실을 안 뒤에 이혼.

권혁배. 운동권 출신. 야당 국회의원. 투사형이나 의리파. 이진범의 고등학교 동창이자 백인홍과 가까운 친구 사이.

객 : 이상 9명이 처음부터 끝까지 등장하는 인물들이지요. 이들에게서 공통된 요소가 무엇이라 보시는지요?

주 : 38세의 주역들은 이진범 · 권혁배 · 백인홍 · 진성구 · 이성수 등이 아니겠는가? 이 중 사업에 관여한 축은 3명이지요. 사업하는 이들의 공통점은 창의성의 부족으로 요약될 수 있지 않을까? 주어진 환경에 잘 길들여지는 유형이지요. 낭만주의자라고나 할까? 그들이 한결같이 숨겨둔 여인을 갖고 있음이 그 증거. 그들은 현실 속에서 결코 만족할 수 없고, 뭔가 먼 것에 대한 동경에 알게 모르게 빠져 있지요. 이 막연한 그리움이란 무엇인가?

객 : 선생께선 그것을 에로스(동경)라 부르고 싶겠군요.
인간에게 보다 선한 것, 보다 아름다운 것, 보다 좋
은 것으로 향하고자 하는 심성이 있다는 것. 그러니
까 이진범 · 진성구 · 백인홍 · 이성수들이 모두 이 범
주에 든다는 것.

주 : 작가의 분신들이지요. 그들은 생리적으로 그러합니
다. 이 에로스적인 것이 『거품시대』의 저류에 깔려
있기에 거품이 걷혀도 읽힐 수 있습니다.

객 : 에로스적인 것에서 벗어난 인물도 있지 않습니까?

주 : 아, 그렇군요. 황무석 이사. 그는 불패(不敗)의 인물.
차라리 괴물이라고나 할까? 온갖 권모술수로 대하실
업 부장에서 이사로 승진하여 빈틈없이 살아가고 있
지요.

객 : 유일하게 살아 있는 인물이라고 선생은 지적하고 싶
은 것 아닙니까? 작가 홍씨도 감히 요리하지 못한 인
물이라고 말입니다.

주 : 그렇군요. 가난한 집안에서 태어난 그는 야간학교를
다녔고, 악착같이 살아오지 않았던가? 20평짜리 아
파트에 산다는 죄로 아들이 학교에서 급식 대상자로
분류되었을 때의 그의 분노……. 이종사촌 형으로 하
여금 대하실업을 모함하는 투서질을 하게 만들고도

혼자 거뜬히 견딜 수 있었지요.

객 : 이진범도 조금 별나지 않습니까?

주 : 매력적인 인물이지요. 권혁배 의원을 대동한 관세청
장과의 대질신문에서, 장부 탈취 사건에 대해 딱 잡
아떼어야 함에도 불구하고 사실대로 실토하기. 이 점
이야말로 이진범의 일생일대의 실수가 아니었던가?
그 때문에 그는 공소시효 7년의 현행범으로 수배 대
상이 되자 미국으로 도망쳐 그곳에서 어렵게 생활을
꾸려가다가 흑인을 쏘고, 그 흑인에게 머리가 깨어져
야 했던 것. 이 결정적인 실수가 바로 이진범의 매력
이 아니겠는가?

객 : 인간다운 결점이다, 독하지 못하다, 천격이 아니다,
마음 여린 낭만주의자다, 그런 말을 선생께선 하고
싶은 거지요?

주 : ······.

객 : 또 나아가, 그토록 가족을 사랑하면서도(그의 처가 그
토록 순진한 바보냐고 제가 비판하면 선생께선 성내시겠
지요) 진미숙에게 빠져들어 정신을 못 차리고. 말하
자면 철부지라고나 할까?

주 : 족보는 어떠한가? 이진범만 없군요. 백인홍의 선친
은 유곽 경영자였지요. 잡스러운 생활인으로 규정되

겠지요. 재벌 진 사장의 선대는 어떠할까? 도둑이었
지요. 해방이 되었을 때 일본인 공장의 방직기를 도
둑질해다가 이럭저럭 회사를 꾸리고. 또 라이벌인 이
성수의 선친을 밀고한 집안. 상스러운 생활인이라고
나 할까? 정신 파탄자 이성수의 선대는 사업가이나
진규식의 밀고로 세무사찰에 의해 1년 만에 분사(憤
死)했으니까. 마음 여린 생활인이라고나 할까?

객 : 그러고 보니, 모두 변변찮군요. 우리의 기업인이나
재벌이란, 조금만 거슬러 올라가면 이런 상스럽거나
잡스러운 터전에 지나지 않군요. 이진범만 족보가 없
네요.

주 : 그가 사업가가 아닌 증거이겠지요. 작가는 다만 진씨
집안 여인과의 관계 모색을 위해 이진범을 부각시켰
다고 볼 것입니다.

객 : 문제는 거품시대의 그 거품을 걷어내고 맑아진 그
밑바닥 들여다보기에 있지 않습니까? 그 밑바닥의
청명한 물줄기를 보여주는 것이 비평이 맡은 바 몫
일 테니까. 이제부터 선생의 발언이 기대되는 차례
입니다.

주 : 그보다 먼저 한두 가지 지적해둘 것이 있습니다. 이
5부작에서 소도구로 활용되는 것이 휴대폰이나 카폰

이라는 점이 그 하나. 카페와 호텔이 만남의 장소라는 점이 그 다른 하나. 셋째는 추리적 성격으로 일관해 있다는 것. 이 중 추리적 기법이란, 작가의 지나친 논리 조작에서 말미암았던 것. 그만큼 빈틈없이 구성해 보이겠다는 욕심에서 나온 것이겠으나, 그 논리가 너무 세부적인 것에만 집착되고 있지는 않은지. 이 세 가지가 이 작품을 추상적인 쪽으로 끌고 가는 약점으로 보입니다.

객 : 그렇다면 이 약점을 뛰어넘고도 남을 장점은 과연 무엇인가? 그러니까 문학적인 초원 지대랄까 그런 것은 어디인가라는 점이 궁금해집니다. 작가 홍씨는 언젠가 겸허하게도 '세태심리소설'에 지나지 않는다고 말해놓지 않았겠습니까? 세태심리를 그린 소설이라면 단 1회의 읽기로 족하겠지요. 세태심리로도 환원되지 않는 그 무엇이 없다면…….

주 : 연극 대본 〈박정희의 죽음〉과 영화 〈젊은 대령의 죽음〉 속에 그 해답이 있습니다.

객 : …….

주 : 실상 이 5부작의 구성으로 보면 제1~2부가 이진범과 진미숙의 절망으로 수렴되지 않습니까? 미국으로 도망치지 않으면 안 될 현행범으로서의 이진범과 동

맥을 끊어 자결하고자 한 진미숙의 절망이 중심부라 할 수 있습니다. 나머지 사람들은 한껏 여유로운 인간 군상이지요. 벼랑 위에 선 사람들이야말로 주인공에 값하는 것. 매력의 근원이지요. 이 절망하는 두 매력적 인물을 절망에서 구출할 수 있는 방도란 무엇인가? 여기까지 물을 때 그러니까…….

객 : 미학적 인식의 근거가 그 물음 속에 있다는 것입니까?

주 : 맞습니다. 절망을 이기는 방법, 구원의 빛 찾기, 거기에 미학적 인식의 근거가 있는 것이죠. 제3~4부에서 비로소 그 근거 하나가 중심점으로 구축됩니다. 희곡 〈박정희의 죽음〉이 그것. 김재규의 총에 맞아 죽어가는 박정희의 '독백의 마지막' 한 대목만 조금 볼까요.

> 가여운 아들아! 그러나 역사가 아무리 변덕스럽고 잔인하다 하더라도 이 사실만은 부정하지 못할 것이다. 조국의 헐벗은 산을 푸르게 만들었고, 조국의 농촌에서 초가 지붕을 몰아냈으며, 조국의 농민들에게서 보릿고개라는 단어를 영원히 지워버렸다는 사실을……. 언젠가 때가 되면, 그때가 언제가 될지는 몰라도, 나의 아집이, 나의 집념이, 나의 잔인함이 풍요로움의 원천이

되었다고 이해하는 사람이 등장할 것이다. 그때
가 되면, 내 아들아, 아버지·어머니를 흉탄에
빼앗기고 고아가 되어버린 너의 고통도 한가닥
흐뭇한 추억으로 회상할 수 있게 될 것이다. 불
쌍한 아들아! 이 말을 내가 너에게 남기는 마지
막 말로 받아다오. 너를 누구보다 사랑하는 아
비가 용서를 빈다는 말을.
아! '모래실'의 가난이 그립구나! 그곳의 가난은
나를 이토록 외롭게 내버려두지는 않았다.(제3
부)

객 : 〈박정희의 죽음〉이라는 연극 대본이 진미숙을 구출
했다 함은 그러니까 상징적인 것이군요. 거품시대의
시원을 찾아가면 거기 박정희가 있고, 그가 자란 가
난한 농촌 모래실이 있고, 그 속에서 이를 악물고 자
란 소년 박정희가 있었다. 이 차돌멩이스런 소년의
원한이 조국의 근대화를 가져왔고, 그 부작용으로 약
간의 거품스런 현상이 5공화국·6공화국에까지 뻗어
백귀야행의 풍속도를 낳았다. 그 희생자가 이진범과
진미숙이었다…….
주 : 어찌 그 희생자가 이진범과 진미숙뿐이랴! 천격인 백

인홍도, 건달 국회의원 권혁배도, 그리고 주인공격인 진씨 집안의 적자 진성구 사장 역시 희생자라 할 수 없을까? 거품을 뒤집어쓰고 살고 있었기에.

객 : 거품의 시원이 박정희에 있고, 모래실의 가난에까지 소급될 수 있기에 이 거품의 희생자를 구출하는 길도 박정희에 있어야 하는 법. 진미숙을 구출한 것이 희곡 〈박정희의 죽음〉이었음은 논리적으로도 당연한 귀결이지요. 이 희곡을 진미숙의 전남편이자 경제학 교수였던 파락호 이성수가 썼다는 것은 중요하지 않겠지요? 그는 허깨비거나 투명인간이니까.

주 : 그렇습니다. 아무리 잘 따져보아도 경제학자 이성수가 희곡을 덜렁 써낼 수 있을까? 예술(희곡)이란 전문가 영역의 소산, 곧 미학의 개입으로써만 가능한 것이기에.

객 : 그렇다면, 영화 〈젊은 대령의 죽음〉은 어떻게 설명됩니까? 선생의 논법대로 하면 이 작품에서 이진범과 진미숙 다음으로 절망 상태에 빠진 사람은 누구인가부터 알아내야 되겠군요.

주 : 맞습니다. 이진범과 진미숙 다음으로 절망에 빠진 인물은 진성구 사장입니다. 백인홍은 속이 단단하기로 누구에게 비할 바 없으며, 권혁배 역시 마찬가지. 젊

은 진성호 실장은 대하실업을 한입에 먹어치울 만큼 정력적인 애송이이며, 서민 감각의 교활한 황무석 이사는 불가사리가 아니겠는가? 이진범과 진미숙 다음으로 마음 여린 인물은 진성구뿐이지요. 그는 서서히 무너져내리고 있는데, '허무'가 그의 의식 속에 서서히 스며든 까닭입니다.

> "남자의 인생은 4등분할 수 있을 것 같아. 처음 20년 동안은 삶의 능력을 얻기 위한 훈련 기간이고, 다음 20년은 경제적 자립을 위한 준비 단계이고, 그다음 20년은 살고 싶은 인생을 사는 기간이고. 마지막 20년은 가까운 사람들과 자연을 만끽하며 자연 속에서 인생을 정리하는 시기라 할 수 있어."(제5부)

이것이 바로 허무의 침입이지요. 그의 마음이 여린 탓. 인생이 내부에서 무너져내리는 징조이지요. 아비 덕에 억지로 땅 짚고 헤엄치며 살다 보니 모든 것이 시들해졌다는 것 아니겠는가?

객 : 인생을 단일한 선(線)으로 보는 시각에서 보면 가소로운 구분 방식이군요. 인생이 4등분된다는 논법은

5등분, 9등분도 될 수 있다는 것 아닙니까? 처음부터 뜻을 세우고 평생을 일관하는 인생 코스의 처지에서 보면 진성구의 4등분론은 목적 없이 출발한 너절한 인생이라 할 수 없을까요?

주 : 글쎄요. 이 문제는 워낙 각자의 신념에 관한 부분이라서 제가 비판할 성질이 아니겠지요. 일직선으로 백 미터 경주식으로 살다 가는 인생도 제겐 훌륭해 보이며, 4등분·5등분해서 살아가는 인생도 그럴법해 보이니까.

객 : …….

주 : 문제는, 누가 절망에 보다 깊이 빠졌느냐에 있지 않겠는가? 젊었을 적부터 똑똑하지도 영악하지도 못하면서 재벌 맏아들로 그만한 배경에 알맞은 역할을 몸에 익혀온 진성구란 인물은 스스로 뚜렷한 삶의 목적(立志)이 없었던 위인. 이런 위인이 나이 40세에 이르자 기묘한 4등분 논리를 세워 무너져내리고 있지 않겠는가? 작가는 그를 여배우 이혜정에게 빠지게 함으로써 그를 구출(합리화)하고자 꾀하고 있습니다. 작가는 그의 가족 사항에 대해 언급하고 있지 않지요. 의도적이겠지요. 그는 가정과 담쌓은 인물, 그러니까 현실성 없는 인물로 설정해놓고 있습니다. 이

258

점에서 보면 이진범이 훨씬 현실적이지요.

객 : 여배우 이혜정에게 빠졌고, 그것의 합리화가 영화에의 몰입이다. 이것이 곧 구원이다. 그런 뜻입니까?

영화 〈젊은 대령의 죽음〉의 주인공은 박정희의 시해자 김재규의 비서인 박흥주 대령 아닙니까? 박 대령의 사나이다운 성품과 군인정신에 감동했다 함은 새삼 무엇인가? 기껏해야 이혜정에게 빠져든 자신의 허무 치유용이 아니고 무엇이겠습니까?

주 : 그런 문제 제기는 우리의 논의에서 조금 빗나가는군요. 제 논점은 절망한 자의 구원 방식에 있지요. 그것이 문학적 과제인 까닭. 거품을 걷어내고 그 밑바닥에 놓인 맑은 옹달샘이랄까 그런 물줄기 찾기 말입니다. '모래실'의 그 맑은 물줄기.

이진범과 진미숙의 절망의 구제가 미적 인식으로 가능하다는 것. 그것이 문학적 주제라는 것. 희곡 〈박정희의 죽음〉이 그 몫을 해내었다는 것.

여기까지가 제3~4부의 중심부에 놓인 참주제 아니겠는가?

제5부의 중심부에 놓인 미학적 과제란 무엇인가? 영화 〈젊은 대령의 죽음〉 아니겠는가? 그 시나리오를 이번에도 이성수가 썼지요. 그야 누가 썼든 상관없는

일. 이성수란 파락호에 지나지 않으며 따라서 유령
이거나 투명인간으로 존재하고 있으니까. 제5부에서
무너져내리는 인물은 진성구 사장뿐이지요. 영화라
는 이름의 미적 인식만이 진성구를 구원할 수 있었다
는 것이 이 작품의 문학적 성과가 아니겠는가?

객 : '영원히 여성적인 것이 우리를 인도한다(Das Ewig-
Weibliche zieht uns hinan)'라는 파우스트(괴테)의 명제
로 수렴되는 것입니까?

주 : 글쎄요. 그보다는……. 영화가 지닌 현대적 감각이겠
군요.

객 : 거품이 이제 조금 걷힌 느낌입니다.

주 : 그렇지만 맥주에는 거품이 없으면 안 되지요. 인생에
있어서도.

객 : 참, 그렇기도 하군요.

「거품시대」 등장인물도 (제3부 ~ 제4부)

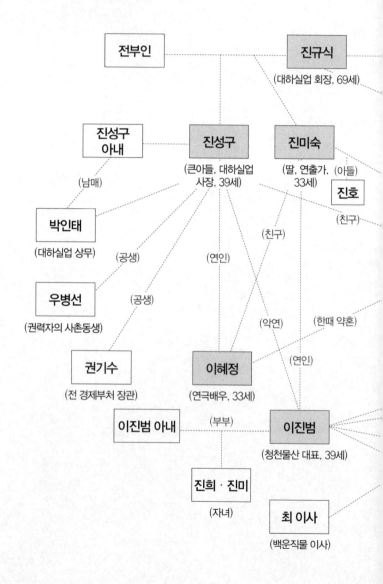

전부인

진규식
(대하실업 회장, 69세)

진성구 아내

진성구
(큰아들, 대하실업 사장, 39세)

진미숙
(딸, 연출가, 33세)

(아들)
진호

(남매)

박인태
(대하실업 상무)

(친구)

(친구)

(공생)

(연인)

우병선
(권력자의 사촌동생)

(공생)

(악연)

(한때 약혼)

권기수
(전 경제부처 장관)

이혜정
(연극배우, 33세)

(연인)

이진범 아내

(부부)

이진범
(청천물산 대표, 39세)

진희 · 진미
(자녀)

최 이사
(백운직물 이사)

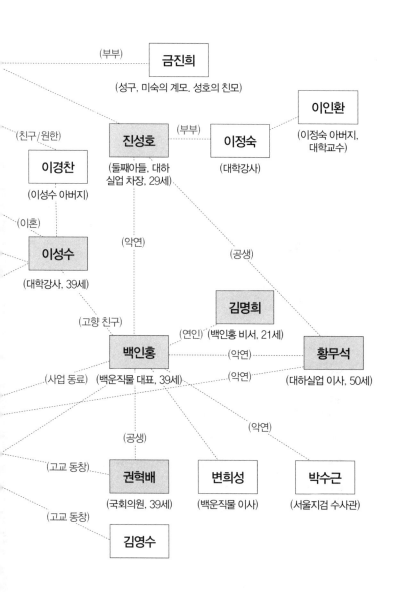

(부부) **금진희**
(성구, 미숙의 계모. 성호의 친모)

이인환
(이정숙 아버지,
대학교수)

(친구/원한)

진성호 (부부) **이정숙**
(둘째아들, 대하
실업 차장, 29세) (대학강사)

이경찬
(이성수 아버지)

(이혼)

이성수
(대학강사, 39세)

(악연)

(공생)

김명희
(백인홍 비서, 21세)

(고향 친구)

(연인) (악연) **황무석**

백인홍 (대하실업 이사, 50세)

(사업 동료) (백운직물 대표, 39세) (악연)

(악연)

(공생)

(고교 동창)

권혁배
(국회의원, 39세)

변희성
(백운직물 이사)

박수근
(서울지검 수사관)

(고교 동창)

김영수

한국문학사 작은책 시리즈 10

거품시대 ❸

초판 1쇄 인쇄 2017년 5월 20일
초판 1쇄 발행 2017년 5월 30일

지은이 홍상화
펴낸이 홍정완
펴낸곳 한국문학사

편집 이은영 홍주완 이상실
영업 한지은
관리 황아롱
디자인 심현영

04151 서울시 마포구 독막로 281(대흥동) 한국문학빌딩 5층

전화 706-8541~3(편집부), 706-8545(영업부) | **팩스** 706-8544
이메일 hkmh73@hanmail.net
블로그 http://blog.naver.com/hkmh1973
출판등록 1979년 8월 3일 제300-1979-24호

ISBN   978-89-87527-56-7 04810
       978-89-87527-53-6 (세트)